新典社選書 35

宇治拾遺物語のたのしみ方

伊東 玉美 著

新 典 社

目 次

はじめに

平安時代後期から鎌倉時代中ごろにかけて、説話文学というジャンルが盛んになる。説話とは、ごく簡単にいえば短編物語のことを指す。当然ながら、短い物語・エピソードを記す習慣はこの時期突然発生したわけではない。記紀万葉の時代、すなわち奈良時代成立の『古事記』『日本書紀』『万葉集』の本文や詞書《ことばがき》にも既に記されている。

説話を集め、何らかの方針のもとで編纂した作品を説話集という。

平安時代初期の弘仁年間（八一〇～八二四）には、薬師寺の僧侶景戒が、日本最古の仏教説話集である『日本霊異記《りよういき》』を編んでいる。そして、例えば、日本文学史上、普通「歌物語」に分類される『伊勢物語』――在原業平《ありわらのなりひら》らしき人物の一代記――なども、短編物語を集めている点では短編物語集、すなわち説話集の一種ととらえることが可能である。

平安時代の後期から、現代でも色あせない魅力ある説話集がいくつも作られた。『今昔物語集』『古本《こほん》説話集』『古事談《こじだん》』『十訓抄《じつきんしよう》』『古今著聞集《ここんちよもんじゆう》』『沙石集《しやせきしゆう》』……。それらの中で、本書は、鎌倉時代前半に成立したと考えられる『宇治拾遺物語』を中心にとりあげる。

高等学校の古典の教科書にも、『宇治拾遺物語』から、絵仏師《えぶつし》良秀、小野篁《たかむら》の学才、検非《けび》違使《いし》忠明の事、児《ちご》のそら寝、袴垂《はかまだれ》と保昌《やすまさ》、伴《ばん》大納言応天《おうてん》門を焼く事、などが代表的説話としてとりあげられている。また、『宇治拾遺物語』はこぶとりじいさん、腰折れ雀といった、現代にも伝わる昔話を収めていることでも知られている。

『宇治拾遺物語』は、新旧の日本古典文学大系（岩波書店）・日本古典文学全集（小学館）、新潮日本古典文学集成（新潮社）など、古典文学作品のシリーズ物にも必ず収められて来た名作で、知名度は相当高い方に属するだろう。しかし、これらの訳注と複数の専門書以外の、全体をコンパクトに扱った入門書は、意外に少ない作品でもあったように感じられる。

近年刊行された『宇治拾遺物語』に関わる専門書を見てみると、現代の方法論で『宇治拾遺物語』を分析するとどのような世界が見えてくるかという過程と展望は、森正人氏[30,31]（数字は巻末の文献一覧の番号。以下同じ）・小峯和明氏[14]・竹村信治氏[19]・荒木浩氏[2,3,4]らの著書・論考に周到に示されている。「かたり」を国語学の立場からとらえようとする試みは木村紀子氏[10]が、また「平安京の物語」としての分析および民俗学的アプローチは廣田收氏[21,22,23]が展開されている。

そうした中で今回わたくしが中心的に目指したいのは、たとえて言えば、鎌倉時代から今日までの平均的読者がとらえ、感じてきたであろう『宇治拾遺物語』のおもしろさの復元であり、それをなるべく簡明に記述することである。

われわれが日常感じてはいるが、意識してはいなかったことに、ふとした言葉がきっかけで、思い当たる時がある。わたくしの考える「復元」もそれと似た種類のもので、鎌倉時代以来の読者が「ここはこういう理由でおもしろいのだ」などといちいちは意識しなかっただろうけれど、もし言葉にするとしたらこういう理由でおもしろいのだ、ということを解明する試みである。

そしてもう一つ、『宇治拾遺物語』の内部で起きていることを、外部とつなげて考える時、どのようなことが考えられるのかについても触れてみたい。

本書では、二百弱ある『宇治拾遺物語』所収話の中で、『宇治拾遺物語』の説話として典型的だとわたくしが考える四つの説話——一三一話「清水寺の御帳《みちやう》給はる女の事」、一六四話「亀を買ひて放つ事」、七二話「以長物忌《もちながものいみ》の事」、一六五話「夢買ふ人の事」——を、ⅡⅢⅣⅤの「章の一話」として提示し、それらと関係の深い説話をとりあげながら、はじめに選んだ四つの説話がどのように典型的なのかが、全体として明らかになっていくように叙述したい。

わたくしたちが美術館の名画の数々を前にした時、絵の持つ魅力自体は説明抜きでも直接伝わる。と同時に、「すばらしい絵だとは思うのだけれど、どうすばらしいのか、誰か少し説明してくれたらもっとたのしめるのになあ」と感じることがある。

同じように、説話文学の面白さも、現代語訳を読むことで大づかみできる。しかし、解説が少しつくだけで絵の理解に厚みが増すように、説話文学にも少し説明がつくことで、いっそう奥深くたのしむことができるようになる。

本書は『宇治拾遺物語』のみならず、説話文学を一歩踏み込んで味わう時の手がかりを記したガイドブックとしてお使い頂きたい。

古典文学・説話文学を愛好される方々や、大学の演習・講義・卒業論文などで『宇治拾遺物語』を扱いたいと思われる方々に、説話文学へのアプローチの仕方の一例として、たのしみ、ヒントにして頂けたらと思う。

なお、研究状況を踏まえつつ少し先回りしたことを申し添えるなら、現在『宇治拾遺物語』は、『古事談』という先行説話集との比較からも、新たに読み込まれ始めている。「出典・書承のレベルとは異なった両書の包括的な影響関係」（山口眞琴[36]）が想定され、単に文章の類似という次元からだけでなく、発想や連想といったレベルで、『古事談』から『宇治拾遺物語』への影響の具体相を探る試みが活性化しつつある。『宇治拾遺物語』に緻密な仕掛け・メッセージあるいは遊び心がちりばめられているとする視点は、振り返れば益田勝実氏[24]、三木紀人氏[28]らが先鞭をつけられたものである。

こうしたアプローチは、たとえて言えば、『宇治拾遺物語』という絵画にぐっと近づいて、拡大したり透視したりして、今まで気付かなかった加工や細工を新たに発見しようとする方法と似ているように感じられる。

『古事談』と『宇治拾遺物語』のつながりを、説話レベルだけでなく、全体の構想レベルから考えてもいるわたくしは、今回、敢えて『宇治拾遺物語』という絵画を、なるべく、通常の研究より一歩遠ざかった地点から眺めてみたい。そこから肉眼で見る画面には、ひとり『宇治拾遺物語』という作品の特徴とはいいがたい、説話文学というものが放つ光も混じるであろうが、それを嫌わず、『宇治拾遺物語』の持つ意外な一面を見いだせたら幸いである。

以下、『宇治拾遺物語』の本文・標題・説話番号は、三木紀人・浅見和彦校注、新日本古典文学大系本[1]に基づき、読みやすいように適宜表記を改める。その他の作品（使用テキストは巻末に一覧）についても、同じように適宜表記を改める。現代語訳は逐語訳ではなく、意訳やあらすじを交える。また参考文献は必要最小限にとどめ、本文中に番号を添えて略記し、詳しくは巻末に記す。

I

『宇治拾遺物語』のできるまで

説話集の作り方

説話集は、今日的な意味でいう書き下ろし作品ではない。様々な資料群から、材料を取捨選択し、自分の好みの文体に直し、何らかのルールで配列する――資料はわが国で成立したものとは限らず、中国伝来の書物、すなわち漢籍も含まれる。もともと漢文体であったものを、漢字仮名交じり文に直す場合もある。用いた資料のストーリー展開に非常に忠実な場合もあれば、かなり改変を加える場合もある。

配列のルールはいろいろである。例えば我々が、何かの事情で説話集を編纂せねばならなくなったとして、どんな方法が考えられるだろう。説話の内容別、事件の起こった年代順、あるいはそういう外側からの基準ではなく、前の説話と共通点があるものを、少しずつ、あるいは大きくずらしながら展開していく、などということも可能だろう。これらの方法は、いろいろな説話集で実際に用いられている。

逆に、何らの法則性もなく、数十・数百以上の説話を、ただただ貼り付けていく、ということの方が普通は難しいだろう。人間というのは、何らかのルールに従ってものを並べたくなる性質を持っているのだと思われる。

もしも何の分類もせず、配列に法則性も持たせていない説話の集があったとしたら、それは、何らかのノート、他者が行った講演などのメモ、あるいは自らのための覚書の類ではないかとまずは判断されるところである。

ところで、説話集のそれぞれの説話には、編者のコメントがついている場合がある。詳しく書く人もいれば、短く書く人、あるいは原則として自分の言葉を加えない人もいる。逆にコメント部分まで、もとにした資料そのままを継承する場合もある。

このように、それぞれの説話集の独自性というのは、いかに珍しい説話を取材してきたか、だけに集約されるのではなく、何は採り何は採らないか、採り上げたものをどのように配列あるいは分類するか、どのような文体で物語るのか、そしてその説話を自分がどうとらえたかを言葉として記すのか、記さないのか、といったことの全体によって表されるのである。

『今昔物語集』の登場

さて、平安時代後期には、空前絶後といってよい巨大な説話集ができた。『今昔物語集』である。『今昔物語集』は今でこそ古典文学史の教科書や国語便覧の類に必ずとりあげられる有名な説話集だが、実は謎の多い作品でもある。

『今昔物語集』は、平安時代後期に成立した後、何かの事情で長い間死蔵されていたらしく、日の目を見たのは室町時代であったと考えられている。収められた説話の数は千以上、それらを、仏教的な世界観を基にしながら三十一巻に仕立て、実に細かく分類配列している。いつ、誰が、何のためにこれほど多くの説話を集め、配列したのかについての決定的証拠はない。

その『今昔物語集』には、いくつか、親戚筋にあたると思われる説話集がある。それらはストーリー展開だけでなく、細かな辞句に至る迄そっくりな説話を、数多く共有しあっている。『打聞集《うちぎき》』・『古本説話集』、そして今回とりあげる『宇治拾遺物語』などがそれである。簡単に言うと、これらの作品がそっくりな説話を共有しているのは、いつかの時点で、共通の資料、平たくいえば共通のネタ本を用いた結果ではないかと推定される。よほど人気のあるネタ本だったものと想像され、『宇治拾遺物語』に付された謎の「序文」に登場する、宇治大納言源隆国《たかくに》が、宇治の平等院の南泉房《なんせんぼう》で、通行人を呼んで来てはこぼれ話を語らせ記した「宇治大納言物語」という、今は散逸《さんいつ》した説話集がそれではないのか、という魅力的推測に心引かれるが、想像の域を超えることができない。

『宇治拾遺物語』もまた、いつ、誰が編纂したのか不明だが、内容から逆算して、鎌倉時代前期、十三世紀前半頃の成立と考えられている。

編集方針と配列

『今昔物語集』と『宇治拾遺物語』は親戚だが、様々な違いがある。まず一目瞭然分かるのが表記と文体である。『今昔物語集』は漢字片仮名交じりで漢文調、『宇治拾遺物語』は漢字平仮名交じりの、こなれた和文体である。

編集方針も大きく異なる。『今昔物語集』三十一巻は、仏教の始祖である釈迦の国天竺《てんじく》（インド）、仏教がもたらされ多くの仏典が訳されて漢字表記された震旦《しんだん》（中国）、そしてわが国本朝（日本）の三つに分かれ、それぞれはじめに仏法部、後ろに世俗部が置かれている。各巻はテーマを持ち、その内部も分類が施され、前の説話と次の説話は共通点を持つように配列されている。

対する『宇治拾遺物語』には、テーマ毎の分類がない。全体を一冊に綴じられる分量ではないので、写本も版本も二・五・八・一五冊などに分冊されてのこっているが、冊の区切れ目が内容上の区切れ目になっている様子はなく、重要な意図があっての分冊とは考えられていない。

テーマ毎の分類はしない『宇治拾遺物語』だが、前の説話と次の説話が共通点を持つように、という『今昔物語集』にも見られた方法が、より徹底して用いられている。前の説話と次の説話には、内容の次元でも、表現の次元でも、さまざまなつながりが見いだされる（小林保治[13]）。そういう、次から次へと話題が連鎖していくようなやり方は、平安・鎌倉・室町時代に実際に行われていた「巡《じゅん》の物語」（『古事談』五ノ一一など）・「興《きょう》定め」（『明月記』建保元年〈一二一三〉四月二一日）――人々が順々に説話を披露し合い評価し合ったであろう場――を連想させる仕掛けになっている（益田勝実[24][25]、池上洵一[6]）。

説話が実際に物語られる場を誌上で繰り広げた、架空の〝物語の会〟というわけである。それは例えば、専門職の人々が一同に会し、関係のある職業の者同士が対戦相手になって、その職業らしい道具や言葉を盛り込んで歌合を繰り広げたらどのようになるか、という架空の歌合が、『東北院職人歌合』『鶴岡放生会《つるがおかほうじょうえ》職人歌合』『三十二番職人歌合』『七十一番職人歌合』と作られていったような、現実の場を想起させながら、作者によって進行される架空の文学の遊びと見ることができる。

われわれが、何か面白い話を一人ずつせねばならない場合、不慣れな時は、とにかく自分が準備した話をするので精一杯だろうが、余裕ができれば、いくつかの話題のうち、何かの意味で前の人の話と関連のあるものを選んで、「先ほども〇〇が登場しましたが」と前置きをした上で、自分の話に入る、といった工夫もできるようになってくる。また、昔話のような「かたり」に於いては、同じ語が意識的にくり返されることが少なくない。

『古事談』の影響

ところで、こうした方法を、『宇治拾遺物語』が『今昔物語集』から学んだ可能性は低い。先ほども少し述べたように、『今昔物語集』は成立後まもなく何かの理由で死蔵され、人目に触れることが少なかったと考えられるからである。

もちろん、前の話を受けて次につなげていく、という発想自体は、何かの書物で学ばないと到底思いつかない、といった性質のことではないが、文学史上の先輩、ということでいうと、『宇治拾遺物語』はその少し前にできた『古事談《こじだん》』という作品にヒントを得、意識して編纂したようである。

『古事談』は源顕兼《あきかね》（一一六〇〜一二一五）という従三位《じゆさんみ》刑部卿《ぎようぶきよう》に至った鎌倉時代の中堅公卿によって編纂された。顕兼は、有名人との関わりでいうと、先ほども登場した藤原定家の宮中での友人の一人である。

『古事談』は、現在でこそ『今昔物語集』や『宇治拾遺物語』ほど知られていないが、鎌倉・

室町・江戸時代、そして近代以後も漢文教育が盛んだった第二次世界大戦前まで、多くの読者を獲得していた人気のある説話集であった。

漢字片仮名交じりの漢文調の説話集で、四百五十話ほどの、貴族社会を中心とするこぼれ話が集められており、年老いた清少納言の滑稽譚や、保元の乱の原因ともなる崇徳院出生の秘話、『鳥獣戯画《ちょうじゅうぎが》』の作者かとされる鳥羽僧正覚猷《かくゆう》の痛快な笑話など、貴族社会の裏話的な説話を収めていることで知られている。読み物として楽しく、また歴史にまつわる有名な逸話満載なので、中世以来、読みやすい教科書のようにもとらえられてきたのだろう。

『古事談』について少し詳しく説明すると、この説話集は王道后宮、臣節、僧行、勇士、神社仏寺、亭宅諸道の六巻仕立てで、それぞれの巻の内部は、全体としては年代順、そして前の逸話と次の逸話をつなげたり、テーマ毎にまとめたり、といった様々な試みを行っている。鎌倉時代の貴族が、そんなことをするのだろうか、という疑問が湧くかも知れないが、例えば『古事談』巻第二臣節のみを用いて、室町時代に編まれたと考えられる、『古事談抄』（穂久邇《ほのくに》文庫蔵）という小さな説話集が残っており、それが、『古事談』の構想をよく理解した上で、配列に自分なりの工夫を施して編纂されていることからも、『古事談』や『古事談抄』の時代に説話集を編む際には、同じような題材であっても、配列を通して自らの説話の読みを読者に伝えようという意識が確かに働いていたことが具体的に分かる。

また『古事談』の各巻の冒頭と末尾の説話はその巻の主題を反映し、なおかつ前巻末尾の説話は次巻へつながる、という構成をとっており、全六巻は、六つの連続する円と、それを包む大きな一つの円を描く円環構造になっている。

『宇治拾遺物語』の編纂方法は、このような『古事談』の構造の変奏として理解できると思われるが、それに関しては後述したい。

コメントのちがい

このように、『宇治拾遺物語』が直接見たであろう参考資料は、というと、『今昔物語集』ではなく『古事談』の方だったのだが、直接関係はなくとも、出来上がったもの同士を比べてみるといろいろな発見がある場合がある。『宇治拾遺物語』と『今昔物語集』の関係もそれにあたる。よって、本書でも、『今昔物語集』その他の類話に適宜目配りしながら、『宇治拾遺物語』の説話を考えていきたい。

さきほど、『今昔物語集』と『宇治拾遺物語』の文体や編纂方法の違いについて述べた。その続きをいうと、両書の大きな違いとして、話末評語（最後のコメント）の違いを指摘できる。

『今昔物語集』は原則として全ての説話の末尾に、几帳面に、何らかのコメントを付けている。それに比べて『宇治拾遺物語』の編者は言葉少なで、かつ変幻自在である。『今昔物語集』の、時に言わずもがなに見える話末評語が、この作品の編者像を最も色濃く反映した記述であることに注目されたのは森正人氏[32]であったが、『宇治拾遺物語』についても、話末評語のあり方をどうとらえるべきか、様々な検討がなされている。

さて、ごく簡単に、と思ったつもりが、どうしても触れねばならないことが結構あった。前置きが長すぎるとくたびれるので、早速『宇治拾遺物語』の実際の説話世界を散策してみたい。

Ⅱ

粘る女

——最後に残るもの——

〈観音霊験譚〉

容である。

御帳を頂戴した女の話

「本章の一話」としてとりあげる、一三一話「清水寺の御帳給はる女の事」は次のような内容である。

ある貧しい女が、ひたすら清水寺にお参りしていた。歳月ばかりが過ぎて、御利益《ごりやく》らしい御利益もなくいっそう貧乏になっていき、長年いたところからさえ、何という理由もなくさまよい出てしまった。行き場所もないので、泣きながら清水寺の観音を恨み、「どのような前世からの因果があるにしても、せめてわずかでも、暮らし向きがよくなるような助けを頂きたい」と一心に祈り、清水寺にお籠もりをしていた夜の夢に、「観音様から」といって「このようにお前がひたすら祈っているので、気の毒に思っていらっしゃるが、普通の人なら多少なりともあるはずの生活の手づるが、お前にはないので、それをお嘆きになっている。これを頂戴せよ」と言って、お堂にかけてある御帳《みちよう》の帷子《かたびら》（カーテンのような垂れ布）をたたんで女の前に置いた、と思った瞬間、女は目ざめた。

お灯明の光にかざしてみると、先ほどの夢で見た通り、御帳の帷子が自分の前にたたんで置かれていた。それを見るなり「では、これ以外には下さるべきものがないのだろう」と思うと、自分の運の拙さが思い知られ、ほとほと悲しくなって「これは到底頂戴できません。わずかの活計《たずき》さえあったなら、錦の一つも使ってお堂の御帳を献納したいと思っているのに、この御帳だけを頂戴して退出できるわけがありません。お返し申します」と言って、お堂の内陣に押し入れた。

またうとうとして「どうしてそう小賢しいのだ。ただ下さるものを頂かず、このようにお返しするのはけしからん」と、もう一度御帳を頂戴したのを夢に見た。目が覚めて、先ほどと同じように目の前に御帳があったので、今度も泣きながらお返し申し上げた。

このようなやりとりを三回くり返し、最後には「今回お返ししたら無礼であるぞ」と戒められたので、「こんなこととも知らないお寺の僧侶が、寺のものを私が盗もうとしていると疑うのではないか」と考えると不安にもなり、まだ夜の暗いうちにこの御帳を懐に入れて、清水寺を後にした。

こんなものをもらってもどうしよう、と思ったが、ちょうどふさわしい着物もなかったので、「ではこれを着物に仕立てて着ようか」と思い立った。御帳の帷子で仕立てた着物を着てから、会うと会う人から、男でも、女でも、とても気に入られて、縁のなかった人から多くのものをもらうようになった。大切な人の訴訟事さえ、その着物を着て、見ず知らずの高貴な方のところへ陳情に行くと、必ず成就した。こうやって、多くの人からいろいろな物を与えられ、生活力のある男からも思われて、とても裕福に過ごすようになった。

それなので、女はその着物を大切に保管し、「今回はどうしても」と思うここ一番の時にだけ、取り出して着るようにしたが、必ず願いがかなった。

清水寺の観音様

不仕合わせで苦労の多い女性だったようだが、何ともめでたい身となったもので、あやかりたいようなお話である。さすが現世利益《げんせりやく》をもたらして下さる観音様である。

死後の来世のことこそ大切なのだ、といくら言われても、今、生きて過ごしている毎日が苦しいことばかりでは、信心する気持ちも弱りがち。観音菩薩は、迷える衆生《しゆじよう》の苦しみを気の毒に思い、その苦しみを取り除いてやろうと、現世利益をもたらすことを誓って下さったありがたい菩薩なのである。

また、当時仏教で、男性より罪深いとされていた女性のことをも、観音は救って下さる、との信仰から、観音を本尊とする清水寺は、男性だけではなく、多くの女性の信心を集めたことでも有名である。

さて、この説話にはいくつもの『宇治拾遺物語』らしい要素が盛り込まれている。まず『宇治拾遺物語』に登場する神社仏閣のうち、清水寺は最も登場回数が多く、一三一話はその一つである。

進命婦《しんのみようぶ》が清水寺にお参りした際、老僧が彼女に一目惚れし、その思いを受けとめてくれたことに感激した老僧の誓いによって、進命婦が宇治殿頼通の妻となり、子女を生んだという六〇話。智海法印が清水寺に百日参りした後、夜中に清水坂で乞食風の人物に会って法談するが、すっかり言い負かされ、後にその人物を捜したが二度と会えなかったという六五話。双六博打に負け、負債を支払えなくなった侍が苦し紛れに「清水寺に二千度詣した実績を譲る」といったところ、勝った侍がそれを借金の形《かた》として丁重に譲り受け、その後、勝った侍には思わぬ幸運が、負けた侍には思わぬ不運がふりかかったという八六話。貧しい比叡山の僧が、鞍馬、清水、賀茂と、医者に紹介状をもらって次の病院を訪ねていくように祈り歩き、最後に思わぬ賜り物をする八八話。そして教科書でもよくとりあげられる、検非違使忠明が清水の橋の辺りで京童部と喧嘩になって追い詰められ、蔀戸《しとみど》を両脇に夾んで翼のようにし、高いところから無事飛び降りられた九五話。

このように『宇治拾遺物語』には清水寺をめぐる多彩な説話が収められ、当時、清水寺に多くの参詣者があって賑やかで、様々な人々が集っていた様子がうかがい知られる。

一三一話「清水寺の御帳給はる女の事」に見られ、『宇治拾遺物語』に頻出する次の要素は「夢のお告げ」である。『宇治拾遺物語』全百九十七話中およそ二十五話に夢のお告げが登場する。当時の人々にとって夢とは誰かからの連絡で、神秘的な通信の一種だったようである。

夢の中での連絡は、神仏からのもの、親しかった人物からのもの、見ず知らずの存在からのものなど様々で、二話「丹波国篠村に平茸生ふる事」のように、きのこからの連絡まである。

夢のお告げの詳細については、Vでとりあげる。

越前敦賀の女

一三一話の主人公「たよりなかりける女」は、清水寺で「ただすこしのたより」、わずかの生活の活計、きっかけが欲しいと祈っている。それなのに、お堂の中の御帳の帷子（カーテンの布のようなもの）を、そのまたたんで賜ったわけである。

確かに古カーテンだけもらっても、どうしてよいのやら分かりかねる。売ってすぐにお金に替えられる、当時でいえば必要な品に交換できる、というような価値のありそうな品物なら、当座の足しに、という意味かとまだ納得できそうである。

では実際に女は即交換可能な賜りものを期待していたのだろうか。

『宇治拾遺物語』の中で、夢のお告げに従って、結果的に大きな幸せを手に入れた人物が男女一人ずついる。まずは女性のケース、一〇八話「越前敦賀の女観音助け給ふ事」を見てみよう。

越前国（今の福井県）敦賀にある女がいて、両親はこの一人娘を大変かわいがっていたが、なぜか幸せな結婚相手に恵まれず、度々不縁になっていた。両親は、家の後ろの堂に観音像を祀り「この娘をお助け下さい」と祈ったが、両親は立て続けに亡くなってしまい、遺された「やもめなる女」は、段々とわずかな財産も使用人も失って、食べるものにも事欠くようになった。女はひたすら観音に祈ったが、ある晩、このお堂から老僧がやって来て「あまりにも気の毒なので、よい男と結婚させようと思う。その男を呼びにやったから、明日ここに到着するはずだ。その男の言った通りにせよ」と夢のお告げを受ける。女は「これはきっと観音がお助け下さるに違いない」と思い、感激して、その男の到着を迎えるべく準備していた。大きいだけで、今は使用人の一人もいない家の片隅に、敷くべき筵もないまま待っていたのである。

その日の夕方、大勢の旅人が馬に乗ってやって来た。一行の主は三十くらいの感じのよい男だった。一行は女の家に宿をとり、この素敵な男は女に強引に言い寄って来た。女は夢のお告げを信じて、男に従った。

この男は美濃国（今の岐阜県）の勇猛な武士の一人息子で、親の遺産を引き継いで大変な羽振りであったが、愛妻に先立たれ、やもめ暮らしをしていた。いろいろと縁談があったが、亡妻に似た人をと思っていたところ、若狭（今の福井県）で処理せねばならない案件が起きて出向く途中だった。隔てもないような家だったので、女主の姿をのぞき見ると、亡妻にうり二つなのに驚き、すぐさまアプローチしたのである。

男は「明日の夜明けと共に出発し、翌日帰ってくるから」とよくよく約束し、寒そうな女に着物を与え、郎等や従者などの一部を残して若狭へ向かった。

この郎等や従者たちに食事もさせてやりたいし、馬の飼い葉も出してやりたいと思いながら、不如意な女にはどうすることもできず嘆いていたところに、昔、亡くなった親のもとで、台所で使っていた女の娘という人物が思いがけず訪ねてきた。長い間の無沙汰を詫びつつ挨拶に来たのだ。「あちらのご一行はどなたですか」というので、これこれの人たちなのだが、日が高くなっても食事も出せずに困っているのだ、というと、娘は「それはそれは、丁度良いところに来合わせたものです。では、ちょっと失礼して、用意して参りましょう」と言って出て行った。

「思いがけない人が来て、嬉しいことを言ってくれるのも、観音のお導きだ」と感謝しているところに、食べ物や馬の草も運ばれて来た。酒食の接待が済み、戻ってきた娘に、女は「手元不如意で、本当に面目なく思っていたところに、両親が生き返ってきたようなありがたいことだった」と泣きながら礼を言うと、娘は「長年、どうしておられるかと思いながら、なかなかうかがえませんでしたが、今日、たまたまこういうことに出くわして、どうして何もせずにおられましょう」と言い、夕刻には、明日の夕方帰ってくるという男と他の郎等たちの分まで、食事の手配もしてくれた。

翌日の夕方、約束通り男は帰って来た。娘はまた多くの品を持ってきて、にぎやかに采配してくれた。男は「明日の朝、このままお前を国に連れて行く」と言う。女はどうなることかとも思ったが、観音の夢のお告げを信じて、男に従うことにした。

翌朝の出発の準備まで手伝ってくれる娘に、女は、とにかく何か御礼を、と思うのだが、与えるべきものもない。万一の時のために、とただ一つとっておいた紅の袴を「志だけだが」と言って与えた。娘は堅く辞退したが、「これこれのことで、将来のことは分からないが、とにかくこの男についていこうと思うので、形見と思って受け取ってほしい」と女が言うと、娘は「お志はありがたいが、形見とは」などとやりとりしているのを、男は横になりながら聞くともなしに聞いていた。

翌朝、女は出発に先立って旅装束で後ろの堂に行き、お別れになるかも知れない、と観音を拝もうとすると、観音の肩に赤いものがかかっていた。何だと思って見てみると、昨日、あの娘に贈った袴だった。「なんと、あの娘はこの観音様だったのだ」と思うと、女は伏しまろびながら泣く。それを聞いて「どうしたのだ」と飛んで来た男に、女が事情を話すと、男も、昨晩小耳にはさんだ娘と女のやりとりを思い合わせて泣き、郎等たちも泣いて、お堂の戸を閉め、一行は美濃国へ旅立って行った。

その後、二人は思い合って暮らし、子どもにも恵まれ、敦賀にも度々やってきて観音を拝んだ。「あの使用人の娘は本人で、たまたま来てくれたのだろうか」と捜したが、ついぞそれらしい娘は見つからなかった。そして、あの娘は二度と女のところを訪ねて来なかったので、観音自らの化身であることはいよいよ明らかになった。

二人は孫子にも恵まれて七八十才くらいまで幸せに過ごし、死が二人を分かつまで、共に暮らした。

観音の下さるもの

長年の信心に観音がこたえて下さり、思わぬ手助けを受けるが、観音像に残された痕跡から、それが観音本人のしわざであったと知る、という仏教説話の一典型で、観音霊験譚を集めた『今昔物語集』巻一六には、類話がいくつも集められている。それらの生成過程については、木村紀子氏[10]が詳しく分析されている。

衆生のために現世利益を施して下さる仏様だけあって、助け方も具体的で、誰の導きだったのか後から分かるように手がかりを残して下さるところも共通している。

今回観音は、将来の夫に用事ができ、一行が家の近くを通るよう導いて下さる。親も願っていた良縁を授かることができたわけである。

その上観音は、彼ら一行に出してやる昼食もない有様の女のために、かつての奉公人の娘に変身して物と労働力を提供してくれた。

女は突如到来した娘も、将来の夫らしき男同様、観音がはからって、丁度今日来合わせてくれたのだろう、と心底喜んだのだが、実際には観音自ら、急遽、娘に変身していたことが紅の袴から分かり、勿体なさに女は泣いたわけである。

このように、観音は長年の願いをかなえ、急場を救う、という二段階のプレゼントをして下さった。

『今昔物語集』巻一六の観音霊験譚でも、観音が与えて下さるものは、この二つのタイプのどちらかに属す。敦賀の女は二つながらを授かったわけである。

危機からの脱出

『宇治拾遺物語』には、他にも次のような印象的な観音霊験譚が収められている。

一七九話は新羅国の后が密通の罪で王から折檻され、髪に縄をつけられて吊り下げられていた時、「東にある日本という国の、長谷観音という仏の慈悲は、この地にまで鳴り響いている。どうか助けて下さい」と念じた。すると金の足台がどこからともなく出現し、苦しみなく折檻を受けおおせた、という話。

八七話「観音経、蛇に化し人を輔《たす》け給ふ事」は、『今昔物語集』『古本説話集』『法華験記』などに類話（異伝）が見られる、当時広く知られていた説話である。

狩に使う鷹の飼育で生計を立てている男が、谷の奥の崖で鷹の巣の雛を捕ろうと作業中、足下の枝が折れて谷底に墜落する。従者たちもどうすることもできず帰ってしまう中、男は奇跡的に一命をとりとめたものの、わずかな隙間に足だけは乗せ、枝にしがみついたまま身じろぎもできない。朝晩読み続けていた観音経（法華経巻八の、観世音菩薩普門品《ふもんぼん》第二五の通称）の「弘誓深如海」（弘《おお》いなる誓の深きこと海の如し）の部分まで唱えると、谷底から大蛇が登って来た。『観音助け給へ』と念じたのに、こんなものがやって来るとは」と嘆いたが、「これに取り付いて上がれるかも知れない」と、持っていた腰刀を大蛇の背中に突き立て、それにすがって谷から上がり、助かった。

帰宅して家族と無事を喜び合い、翌朝、手を洗っていつものように観音経を読もうと出してみると、お経の「弘誓深如海」の部分に、最前大蛇に突き立てた自分の腰刀が刺さっていた。

観音経を唱えていたところに丁度大蛇が登ってきたのだから、読経の効果と思ってもよさそうだが、大蛇の登場はやはり意外である。男が「こはいかにしつる事ぞ」と困惑したのも無理はない。『宇治拾遺物語』の場合、男が谷から上がることができ、背中に刀が刺さったまま大蛇がどこかへ去っても、その時は、まさかこの大蛇が観音様とは思わない。法華経が「蛇に変じて、我をたすけおはしましけり」と気付くのは、家で経に刀が突き立てられているのを見た瞬間である。

奇跡が神仏のお力によるものだと「物証」から分かる点で、一〇八話「越前敦賀の女観音助け給ふ事」と共通している。救出し難い場所だったので、観音が、現場近くにいた大蛇に連絡をとって、救助に行かせて下さったのではなく、観音経が変身して男を助けに来て下さったのである。そして後日、はっきり蛇の正体に気づかせて下さったということだろう。

そういえば、一〇八話の女も、観音の慈悲を強く信じているがために、却ってかつての奉公人の娘の到来を「観音のお導き」とすんなり感謝し、巡り合わせよく、この娘が訪ねて来てくれたものと誤解していた。まさか観音自ら変身しているとは気がつかなかったのである。

信仰が薄いから、というより、疑いなく信じすぎているために、お導きの内実を通り越してしまうことがあるようである。

細かいことを言うと、八七話の鷹取の男を助けてくれた主体は、『宇治拾遺物語』の本文にあるように、観音ではなく観音経である。観音経が日頃の愛顧に応えて下さった、というつくりである。ただしそれは、日頃祈っている観音像が、人間や動物に変身して助けに来て下さるのと、本質的には同じである。

観音の慈悲は甚深、迅速である。誰がどこで念じても助けて下さり、また急な願いであっても、日頃の人間関係やら何やらをいろいろとふまえて助けて下さるのである。その上、急場を凌いで気が静まった頃、事の真相も示して下さる。

観音の慈悲は親切で行き届いているのである。

なお、蛇という、罪や邪念を象徴するようなものに鷹取の男が助けられている理由の一つは、この男が生き物をとってくる、仏教的に罪深いとされていた仕事に携わっていたことにあるのだろう。また、お経の巻物そのものが日頃の愛着に応えてくれる、というような意味あいから、経巻の形を連想させる太い大蛇姿で救出に来てくれたことも考えねばならない。

ストーリー展開が似ている『今昔物語集』一六ノ六話の場合、仲間に陥れられた鷹取は、谷底ならぬ海に面した断崖絶壁で身動きならなくなり、もはやこれまでと、死後浄土に迎えてくれるよう観音を念ずるのだが、この「海」の要素が、水辺、あるいは生死の比喩として、この逸話の深部とつながっていた可能性も指摘されている（森正人）[33]。

わらしべ長者

『宇治拾遺物語』の観音霊験譚でもう一つ忘れてならないのは九六話「長谷寺参籠《さんらう》の男、利《り》生《しやう》に預かる事」、いわゆる「わらしべ長者」譚である。

物語の発端のみ少し丁寧にみてみる。

世話をしてくれる両親も、主人も、妻子もない、天涯孤独の青侍《あおざむらい》（書生《しょせい》さんのような人）がいた。やれることとてないので、「観音助け給へ」と長谷寺にお参りし、「このまま生きていくならここで飢え死にしようと思います。もし、何か幸運のてがかりがあるのなら、それに関する夢を見ない限りここを出ません」と御前にうつぶしっぱなしでいたところ、寺の僧たちが「このままここで死なれでもしたら、寺が死の穢《けが》れにまみれてしまう」と心配し、祈りをとりついでくれる師僧もいないとのことなので、「これではいけない」と僧たちが自らの食べ物を代わる代わる分けてくれた。

こうして青侍は観音の御前に二十一日間祈り続けた。

その日の明け方の夢に、御帳《みちょう》から人が出てきて「お前が、前世で犯した罪の報いだと知らず、観音に不満を申してここに居続けるのはどうかと思うことだ。しかし、言うことが気の毒なので、少しばかりのことをとりはからって下さった。すぐにここを出て、何でもあれ、初めに手に触れた物を取って、捨てずに持っていけ」と言われた。

男は早速今日の分を約束していた僧のもとに食事させてもらいに行き、大門につまずいて倒れ、起き上がると、手の中に一本のわらしべが入っていた。「これが仏の下さったものだろうか」と頼りなくは思ったが、「仏が何か段取って下さるのだろう」とそれを持って歩いて行った。

この後、わらしべに虻をくくって歩いていると、若様がそれを欲しいと仰り、すぐに渡すとほうびに夏みかん三つをもらい、歩き疲れ喉のかわきで倒れ込んでしまった女房に夏みかん三つを渡すと、御礼に立派な反物《たんもの》を三つくれ、自分の前を行くいかにも高価そうな馬が頓死したので、死骸を反物三つと交換してもらい、長谷に向かって祈ると、男の予想通り馬は息を吹き返す。その馬を連れて歩いていると、都の九条あたりで旅立ちの前に馬を必要としている人がいて、「これではいかが」と馬を見せると、大いに満足して稲や米をくれ、「私が帰京することがあれば別だが、そうでなければこの家と田はあなたにあげる」と言って旅立って行った。その後、男は上手に采配して稲も多く実り、大変な金持ちになった。もとの持ち主からも音沙汰がなかったので、家も自分のものにし、子孫もできて栄えた。

本当に欲しかったもの

わたくしたちが子どもの頃読んだ絵本のわらしべ長者と、ほぼ同様に展開している。

ところで観音のお導き以外の部分もいろいろ気にはなる。例えば長谷寺で男に食べ物を与えてくれた僧たちは、もちろん男に同情もしたのだろうが、寺が死穢《しえ》にまみれることを何より気にしている。お寺なのに死を忌み嫌うとは、現代人には少し意外である。お寺と葬式がほぼ直結するのは江戸時代になってからで、それまではお寺は祈りや修行の神聖な道場のようなもので、死や病といったケガレに触れさせるべきでない場所だったのである。

例えば『今昔物語集』二九ノ一七「摂津国の小屋寺《こやでら》に来て鐘を盗む語《こと》」は次のような話である。

小屋寺という寺の住職が、八十歳くらいの旅の法師に懇願され、寺の鐘堂に住まわせてやるが、ある日、鐘堂をのぞくと、老法師は死んでいるらしく動かない。住僧らは「寺に穢れを出しつる大徳《だいとく》かな」と老法師を逗留させてやった住職を責める。住僧らは「郷《さと》の者共」に死体の始末を言いつけようとするが、神社のお祭りに向けて穢れに触れられないとのことで「死人に手懸けむと云ふ者一人無し」という状態になる。そこへ、老法師の息子たちと名乗る男が二人やって来て、四、五十人の人手をかけて葬儀の手配をするが、「寺の僧共」はこの法師の死んだ鐘堂の辺りに誰も近寄らない。「穢れ」の明けた三十日後に鐘堂に行くと、なんと大鐘が盗まれていた。

一連のでき事は、寺僧たちが死穢を嫌い、寄りつかないことを最大限利用した、大規模な詐欺だったわけである。

本論に戻ると、『宇治拾遺物語』九六話は、いろいろな点で一三一話の清水寺にお参りしていた女の説話と似ている。よるべない身で、せめて「活計」あるいは「きっかけ」が欲しい、と観音に強引に祈っている。そして、初めにもらった価値のなさそうなものが、思わぬ結果につながって幸福や財産を得る――こういう共通点が両話にはある。

また、この九六話の男がはっきり言っているように、お籠もりをしてまで願い事をする参籠者たちは、観音から夢のお告げが欲しいと思っていたのである。先ほど触れたように、夢という回路を通じて、観音からの聖なる連絡を求めていたのである。

そういえば、お寺にお籠もりしていたわけではないが、一〇八話の敦賀の女も、良縁その他について観音の「お導き」を待っていたのであって、何か具体的な「物」を欲していたわけではない。

そうしてみると、一三一話の清水詣の女が、御帳の帷子をもらって大いに不満だった事情がよく分かる。女が欲しかったのは当座に使える「物」ではなく、幸運への「手がかり」のような、曖昧なものだった可能性が高そうである。

形のあるものをもらった一三一話の女が非常に落胆したのは、形のない、曖昧なもの――「いついつ男が来る」「初めに手にしたものを捨てるな」というような、お告げ・予言の類を期待していたためと考えられるのである。お告げは実現するかどうか分からない不確実なものなのに、面白い逆説である。

こんなことして大丈夫？

枠組みが似ている一三一話の清水寺の女と、この九六話の男の話だが、明らかに違う部分もあった。

男は夢のお告げを素直に受け取り、手にした最初のものがわらしべ一筋であっても、「随分頼りないなあ」と思いつつ、すぐに信じて動き出す。一方清水寺の女は、観音からの賜り物が御帳の帷子と知ると、三度にわたって押し返している。夢の中のセリフではないが、無礼ではないかとはらはらする。こんなことをして大丈夫なのだろうか。

「素直でないからもう助けない」「無礼だから罰を与える」などと言われる可能性が頭に浮かぶところだが、女はひるむことなく三回断り、どうか別のものを、と粘るわけである。

『宇治拾遺物語』には、読者が「こんなことして大丈夫？」と思うような人物が他にも度々登場する。とても真剣に、意外な行動に出る人物である。

典型的なのは一〇四話「猟師、仏を射る事」の猟師だろう。

愛宕山で自分の坊に籠もりっぱなしで修行一筋の聖がいて、近所にその聖を敬う猟師が住んでいた。ある日、聖が「長年、読経に明け暮れていた甲斐があって、この頃毎晩、普《ふ》賢菩薩《げんぼさつ》が象に乗っていらっしゃる。今晩お前も是非拝見しなさい」と猟師に言った。猟師は不思議に思い、聖に仕える童に聞くと、童も五六度拝見したという。もしや自分も、と思い、猟師は一睡もせず、聖の後ろで普賢菩薩を待った。

夜中過ぎに、確かに普賢菩薩が白象《びゃくぞう》に乗ってやって来た。聖は感激して泣きながら拝んでいたが、なんと猟師はとがり矢でその菩薩の胸辺りを射貫いてしまう。「長年修行して来た聖はともかく、童や自分のような人間にまで菩薩が見えるのはおかしい」と思ったからだった。聖は「何としたこと」と泣きまどったが、夜があけて、血の跡をたどっていくと、谷底に大きな狸がとがり矢を胸に受けて死んでいた。

無智と一途

確かに猟師の推測は冷静である。房に籠もりっぱなしで、常識やら世間智やらを悪い意味で失ってしまっていた聖と対照的である。しかし、仮にも仏の姿をしたものを、いきなり矢で射てしまうというのは乱暴で、万一本物だったら取り返しがつかない気がする。

しかし『宇治拾遺物語』の編者は意外にもこう言う。

聖なれど無智なれば、かやうにばかされける也。猟師なれども慮《おもんぱか》りありければ、狸を射害《いころ》し、その化けをあらはしける也。

信心には無批判な素直さが時に必要とされるだろうが、『宇治拾遺物語』の編者は「無智」を嫌う。一六九話「念仏僧、魔往生の事」の美濃国伊吹山の聖の場合はもっと悲惨で、阿弥陀仏が房に迎えに来て下さる、いわゆる阿弥陀来迎《らいごう》の奇跡に感激して連れられていったところ、一週間ほどして、奥山の木の梢に裸で縛り付けられているのを発見される。聖は正気に戻らぬまま数日後に亡くなるのだが、この出来事に対する編者のコメントもまた、

　智恵なき聖は、かく天狗にあざむかれけるなり。

と冷たいのである。わけも分からず、ただただ経を唱える、といった「考えない」修行方法に、『宇治拾遺物語』の編者は批判的である。

　長年の研鑽を仏様が見ていて下さったのだ、と両話の聖が感激するのは純粋だが、もう少し智恵や知識があったなら、自分のようにひたすら努力している宗教者は他にもたくさんいて、このような奇跡にあずかれるほどの自分なのかどうか、疑ってみる視点を持つことができただろう。

　それにしても、狸や天狗は、彼らの心の中をよく見ているものである。特に天狗は、「自分

は結構やっている」と慢心している人をねらっていて、彼らをたぶらかしたり、天狗道に引き入れたりするのがこの上なく快感、という連中だったのである。ただ、長年の頑張りが認められた、と思って信じた聖たちの気持ちも分かる。狸や天狗のやり方は、たちの悪い詐欺のようである。

一方、『宇治拾遺物語』は素直な信仰心を軽んじていたわけではない。

例えば、知り合いの男に鹿狩りをやめさせたい一心で、鹿の革をかぶり、男に誤って自分を射殺させ、それに懲りて殺生をやめさせようとした聖の話（七話）や、ある寺である日のある時刻、「新仏」が出現することをひょんなことで知った旅の僧が、その寺で待っていると、やって来たのは白髪頭に戒を授けてもらいに来た七十すぎの老翁一人だった。この名もない老翁が出家することこそが「新仏」の出現であり、それを称えるために「梵天・帝釈・諸天・竜神」が集まっていたのだ（一三六話）というような逸話も収められている。

一途な信心の価値をも、『宇治拾遺物語』の編者は当然認めているわけである。

観音のはからい

元の問題に戻るが、このように、『宇治拾遺物語』の編者には、一見「こんなことして大丈夫?」と思われるような行動を、積極的に評価していくような姿勢が見られる。より端的なのが、人が見た夢を横取りした一六五話の吉備真備《きびのまきび》らしき人物に対する姿勢だが、それは後ほどVでとりあげる。

このような『宇治拾遺物語』編者なので、ほとほと困り果てた一三一話の清水寺詣の女が、「これで帰るわけにはいきません」と粘り、食い下がったことを、咎め立てるようなコメントをしていないのも不思議ではない。また、庶民の切ない願いを無数に受けとめてきた清水寺の観音には、この不仕合わせな女の必死な思いは十分分かっていたのだろう。

さて、観音のはからいを信じられないまま、盗みの嫌疑などかけられたら困るから、と仕方なく女は御帳の帷子を持って寺を出るのだが、観音はその布地に、不思議な威力をこめていて下さったのであった。

凡愚のことを、観音は見捨てない。

こういう考え方は『宇治拾遺物語』の他の話にも見いだされる。

例えば、同じく清水寺関係でいえば、先ほども少し紹介した、博打の形《かた》に「清水寺に二千度詣した実績」をやりとりした侍たちの八六話などが参考になる。確かにきちんと僧侶に頼み、仏の前で、心をこめて二千度参りの実績を受け取ろうとする殊勝さは持ち合わせている勝ち侍だが、博打に入れ込んでいるあたりは、負け侍と同じ程度の凡人である。

そういう人の言うことさえ、観音はきちんと聞き届け、彼らの心の中を見ているのである。

最後に残るもの

それにしても、観音から頂いた御帳の帷子で作った着物のパワーは随分長持ちしたものである。不思議な賜りものだから、そのパワーの持続力に驚く必要もないように見えるが、この話のもう一つのポイントは、多分ここにある。

女はこの着物のおかげで、多くの人から愛される不思議な力をもらい、そのことで物質的にも豊かになることが出来た。彼女が得たものは、幸運な資質のようなものと、もう一つ、かつて観音に、自分の必死の祈りが通じた、という事実そのものである。その記憶は、いつまでも続く着物の力を実感するたびに、長く彼女に自信を与えたことだろう。

『宇治拾遺物語』には、懇切な祈りが神仏に聞き届けられたことそのものへの感激を描いた逸話が他にもある。例えば六四話の式部大夫実重は、並ぶ者のないほど熱心に賀茂に詣でていたが、前世からの運勢が弱く、大した御利益にも預かれない。しかし、賀茂の御神体《ごしんたい》の本質が何なのか、という宗教上の真実を教えてほしい、と賀茂に祈り続け、それが法華経であることを示す夢を見た、という説話である。

また、帷子をもらった女の話と似た説話がもう一話、『宇治拾遺物語』に見られる。前にも言及した八八話「賀茂社より御幣紙《ごへいがみ》米等給ふ事」である。


貧しい比叡山の僧が、鞍馬、清水、賀茂と夢のお告げで籠もり歩き、最後に賀茂社で「お前がこんなに熱心に参るのが気の毒であるから、御幣紙と打ち撒《ま》きの米程度のものを授ける」と夢に見る。「これだけお参りして神前の幣帛《へいはく》用の紙と、お供えや魔除け用の米か。みっともなくて比叡山にも帰れない」と身投げまで考えるが、思いとどまり、どのようなはからいか見届けようという気になって比叡山に戻ると、知っている人のところから、という使いがやって来て、白い長櫃《ながびつ》を縁側に置いて帰って行った。使いはすぐにどこかに消えてしまった。中には白米と上質の紙がびっしり入っていたので、「本当にこれだけ下さったのだ」とあらためて気持ちが沈んだが、米を使ってみるといつまで経っても減ることがなく、紙を使ってもやはり減らない。こうして、特に華々しくはないが、豊かな法師になった。

やはり物詣では気長に続けるべきものなのだ。

清水の観音様や賀茂の神様がかつて自分の願いを聞き届けて下さっただけでなく、その御利益が今も消えることなく着物や長櫃に残っているということは、神仏の慈眼が、今なお長く自分を見守り続けていることを意味する。

これらの賜り物に長く残っているのは、不思議パワーだけでなく、くり返し確かめることのできる、それらのありがたい事実そのものだったと考えられるのである。

Ⅲ　助けた亀

——遠回りの意味——

〈動物説話・報恩譚〉

亀の恩返し

「本章の一話」は、一六四話「亀を買ひて放つ事」である。

天竺《てんじく》（インド）の人が、息子に銭五十貫を持たせ、宝を買いにやらせた。息子は川で、複数の亀が首を出している舟を見付け、「何のための亀なのか」と舟の人に聞くと「殺して使おうと思う」と答えた。息子が「その亀を買いたい」と言うと「とても大切な事のために用意した亀なので、高値でも売れない」と答えたが、無理に頼み込んで、銭五十貫で亀を買い取り、川に解き放った。

そうしてから息子は、「親が、宝を買うためにと私を隣の国に使わしたのに、その銭を亀に替えてしまったでは、親はどんなにお怒りになるだろう。しかし帰らないわけにもいかないし」と帰路につく途中、人に会って「あそこで亀を売っていた人が、この下流の渡し場で、舟が転覆して死んだ」と聞いた。

親の家に帰り着き「銭は亀に替えました」と言おうと思う先に、親が「どうしてあの銭を返してよこしたのだ」と聞くので「そんなことはしていません。あの銭はこれこれの事情で亀に替えてしまったので、それを報告しようと戻ってきたのです」と言うと、親が「黒い衣を着た、同じような様子の五人が、それぞれ十貫ずつの銭を持ってやって来た。これがその銭だ」と見せた。銭はまだ濡れたままだった。

買って解き放した亀が、自分たちの身代金となった銭が川に落ちたのを見て、取って親のもとに、息子が帰らぬ前に届けたのだった。

息子の行ったことは、宗教的に言えば、死ぬべき運命にある生き物を、代償を払って解き放ってやる「放生《ほうじょう》」と呼ばれる善行である。ただ、この話の息子は、宗教に熱心だったという設定ではないし、たまたま何匹かの亀が首を出している様子に目がいき、あわれに思ったと見るべきだろう。

例えば『今昔物語集』一九ノ二九は、山陰《やまかげ》中納言が、事故を装って海に落とされた息子（後の如夢《によむ》僧都）を、亀に助けてもらう有名な説話である。中納言はかつて、鵜飼の船から大きな亀が一匹、顔を出して自分と目が合った時、とてもかわいそうに思われて、着ていた着物とひきかえに亀を買い受けて、放してやったのであった。

『宇治拾遺物語』の亀は、解き放たれたのを大変ありがたく思い、さっきまで自分たちの閉じ込められていた舟がひっくり返って銭が川に沈んで来たのを水中でキャッチ、人間に変身して息子の親の家に届けに来たと思われる。

動物と神仏

亀の深い感謝の思いが神通力を発揮させ、あたかも観音が何かに変身して助けに来てくれるような奇跡が、ここでは起こっている。ありきたりな動物が、神仏のような力を発揮しているわけである。

動物や鬼・天狗などの変化《へんげ》のもの、霊魂などを、「異類」と呼ぶことがある。また、人間世界の外にある存在、という意味で、彼らの領域を「異界」ととらえることがある。

人間にはない、不思議な力を持っているものとして、神仏も、動物も、時には天狗の類も、たしかに別世界の存在だということが、こういった説話から実感できる。

先に見た敦賀の女のもとに急にやって来たかつての使用人の娘（姿の観音像）の場合や、鷹飼を助けた大蛇（姿の観音経）の場合は、救った後に、あれが誰だったのか分かるのだが、この亀は自分から、後で正体が分かりやすい装いでやって来る。

説話世界で、動物が人間の前あるいは夢に現れる時、そのままの姿のこと、威儀を正して人間の正装姿のこと、また元の自分たちを連想させる様で登場することがある。例えば、長年石橋の下で苦を受けていたのを、石橋を踏んでひっくり返してくれた人のお蔭でそこから抜け出せた上、雲林院《うりんいん》の菩提講《ぼだいこう》について行って功徳《くどく》を積むことができた、と感謝しにくる小蛇（五七話）の場合、「腰より上は人にて下は蛇《くちなは》なる女」と、上半身は人間の女性、下半身は蛇の姿のままで恩人の夢に出て来る。人間たちの法華経書写供養のお蔭で怨敵の鼠共々得脱《とくだつ》する蛇は「斑《まだら》なる水干袴《すいかんばかま》着たる男」（『今昔物語集』一四ノ二）として、また「老狐の毛もなき」は「年たけしらがしろき大童子《おほどうじ》」として夢に現れる（『古今著聞集』六〇六話）。

『宇治拾遺物語』一六四話の亀が黒い衣を着ていたのは、黒い甲羅の亀だったからだろう。

正体の伝え方

『宇治拾遺物語』の中では、動物が動物の姿のまま人間に話しかけるのは九二話の天竺の五色の鹿だけである（一九六話の後の千金に登場する鮒は、荘子に話しかけたと言うが、何分荘子のたとえ話の中に出て来るので、作り話と見ておく）が、『今昔物語集』などには、いろいろな動物がそのままの姿で現れ、助けてくれる話が多く見られる。

ちなみに一〇八話の敦賀の女のもとにやって着た娘は、正体を示唆するような姿では登場していない。女が礼に贈った紅の袴が観音像にかかっていることで、後から真相を教えてくれていた。

本話の亀は、名乗りたいが名乗れない。さりとて全く知らせずにはいられない。そんな健気な現れ方である。

その点、大蛇に変身して助けてくれた八七話の観音経のケースは、本話の亀の場合と敦賀の観音の場合の中間で、後から経巻に刀が突き立てられて大蛇の正体が判明するが、はじめからお経の巻物の形状を連想させる姿で出て来てもいた。

観音経という尊い「品物」の伝え方は、観音様と動物（亀）との中間だというのは興味深いところである。

できることとできないこと

動物の不思議な力で、どこまでは思い通りにでき、どこからはできないのか、計り知れない部分がある。黒い着物の人間になり、さっき会ったばかりの恩人の親の家を知り、銭を届ける、といった大変な神通力があるのなら、そもそも舟から脱出できそうなものだが、それはできなかったらしい。

もう一つ、恩人の親の家への道順までを神通力で知ることができるなら、息子の帰り道も分かりそうなものだが、亀は帰り道に現れて息子に銭を手渡しはしない。随分遠回りな段取りをとっているようだが、それには意味があるのだろうか。

異類が人間と何らかの交流をする逸話に於いて、彼らが非常に人間に似ている話がいろいろと存在する。そして、それらの話で、彼らは妙なことには非常に卓越しているのに、こういうことはできないんだなあ、と能力のでこぼこが不思議に思われることがある。

例えば三話、いわゆる「こぶとりじいさん」の「鬼」について、さっと見てみよう。

こぶとりじいさん

顔の右にこぶのある翁がひっそりと暮らしていた。山中で嵐に合い、木のうつぼ（空洞）で一夜を明かそうとするが怖ろしくて眠ることもできない。そこに鬼の一行がやって来る。姿は異様なのだが、宴会のやり方と参加者の様子は「この世の人のごと」く、普通の人間と同じなのだった。

宴たけなわとなり、拍子がとられて次々と鬼が舞う。「珍しい舞が見たい」という横座《よこざ》（お誕生日席）の鬼の言葉を聞くと、なぜか翁は飛び出していって、見事に楽しい舞を披露する。

横座の鬼はすっかり感心し、「今よりこの翁、かやうの御遊びにかならず参れ」と言う。翁も如才なく「必ず」と言う。奥の座の三番の鬼が、「しかし本当に来るかどうか。何か質《しち》（形《かた》）を取らねば」と言って、『こぶは福の物』だから、これを形に取っておけば、この翁は必ずまた来るだろう」と言う。翁は「目鼻はとられても、こぶだけは」と言うので、「そんなに大切なら是非それを」ということで、鬼がこぶをねじりとった。不思議と少しも痛くなかった。家に帰って妻の嫗にも驚かれた。

隣の家に、顔の左にこぶのある翁が住んでいた。隣の翁のこぶがなくなっているので、どこの医者に取ってもらったのだ、と聞くと、鬼がとったのだという。早速同じように山の木のうつぼで待っていると、鬼の一行が宴会を始めた。「翁は来ているか」と促され、舞ったのだが、はじめの翁と違い、全くうまくなかった。

鬼たちは「今回は返す返すよくない出来だ。あの質にとったこぶを返してやれ」と言い、反対側に投げつけたので、翁の顔の両側にこぶがついてしまった。

物うらやみは、してはならないものだとか。

鬼たちの宴会の仕方、「質がないと再び来ないかも知れない」とか「こんなに大切なものなら質として絶好だ」と感じる行動や心理が、人間と全く同様である。

なお、「こぶは福の物」というのは、「餅」同様、ふくれた中身に幸福が存するという発想から来ているらしい（岡見正雄[8]）。だが実際には、俗世を離れた僧侶であってさえ、こぶが「恙《つつが》」となって人交らいが難しくなり、籠居することもあった（『今昔物語集』一五ノ六）ように、持ち主にとっては苦になるものだったようだ。

さて、このように人間と同じな鬼たちだが、二番目の翁が来た時、「あれ、この前とったのに、またこぶがついている」とは誰も思わない。

しかし、二番目の翁の舞は相当ひどかったらしく、「もう一度出直して来い」ではなく「このこぶ返してほしさにまた来られては大変だ」と、鬼たちは、質だったはずのこぶをすぐに返す。「お願いだからもう来ないでくれ」と思うような、辛気くさい踊りだったのだろうか。

動物や異類の能力

亀の場合にも、鬼の場合にも、「ここまでできるのなら、あれもできそうなものなのに」というような部分がそれぞれあった。別に文句を言う人もいないかも知れないが、これらの「矛盾」は、ストーリーの粗さというより、異類のことは、人間に何でも分かるわけではないからだ、ととらえておくのがよさそうである。むしろ、彼ら独自の能力に加え、途中まで人間と同じ性質を持っている、あるいは人間の性質を熟知していることの方を重視すべきなのだろう。『宇治拾遺物語』の動物の中には、家に放火して恨みを晴らす狐（五二話）、仏に化けて都人をたぶらかすそとび（三二話）など、人間にとって不都合なことをするものがいる。

一方、例えば芥川龍之介の「芋粥」の典拠『今昔物語集』二六ノ一七と同文的同話である一八話「利仁《としひと》、暑預粥《いもがゆ》の事」で、利仁に捕まった狐は、利仁に「客人が見える、と一足先に邸に行って伝えて来い」と言われる。どうやって連絡するのかなあ、と思うと、利仁の北の方にとりついて、託宣の形で家の者たちに来客を伝える。奥様に狐がついて、みんなはその言葉を聞くわけである。

また、一八四話の御堂関白藤原道長の白い愛犬は、呪いの品が地中に埋まっていることを主人に知らせる。それで陰陽師安倍晴明に連絡が行き、特殊な呪いの品を埋めたのが道摩《どうま》法師であることが明らかになるのである。

どの場合の動物も、人間の論理が通じ、人間同様の感情や価値観を持っている。

なお、人間以上に道理に通じ、慈悲と勇気がある鹿も『宇治拾遺物語』には登場するが、その話はVで言及する。

亀報恩の顛末 ——『今昔物語集』の場合

そろそろ、もとの一六四話「亀を買ひて放つ事」の問題に戻る。

先ほど、亀の恩返しの仕方には、遠回りな部分があると述べた。亀は、なぜ直接息子に銭を返さなかったのか。なぜ道中の息子の前に現れなかったのか。なぜ親の家に現れたのか。

そのヒントを探るべく、『宇治拾遺物語』の親しい親戚の一つ、『今昔物語集』を見てみたい。『今昔物語集』九ノ一三「□の人、父の銭を以て買ひ取りし亀を河に放てる語《こと》」は、どこかの段階で、『宇治拾遺物語』一六四話と共通の資料を用いていると考えられる同文的同話である。

なお、どこかの段階、という持って回った言い方をするのは、『今昔物語集』を直接『宇治拾遺物語』が用いた、あるいは『今昔物語集』と『宇治拾遺物語』に共通資料Aがあってそれを用いた、といった親子関係や兄弟関係にあるのではなく、もっと複雑な血筋の親戚であることが研究で明らかになっているからである。

また、標題（タイトル）の中の□は、原文でもともとブランクになっている箇所で、欠字・欠文と呼ばれる。『今昔物語集』の編者が、正確を期すために、後で適切な字句を入れようと空欄にしておいたり、あるいは何らかの意図があって、わざと空欄にしておいた場合もあると考えられている。

この『今昔物語集』九ノ一三と『宇治拾遺物語』一六四話とで目立つ違いは、息子が持たされた銭が五十貫ではなく五千両であること、そして、『今昔物語集』の話末にコメントがついていることである。

親孝行の説話

『宇治拾遺物語』にはないその末尾部分は、次のようである。

祖《おや》も、此《こ》の事を聞《きき》て、此の子を喜ぶ事無限《かぎりな》かりけり。此れ、亀の命を生《いけ》たるのみに非《あら》ず、極《きはめ》たる孝養也《けうやうなり》。此の事を聞く人、皆、此の、亀を買て放《はなち》たる子を讃《ほ》め感じけりとなむ語り伝へたるとや。

よい事をした、と親にも喜ばれた、と記され、息子の行動は、亀を助けただけでなく、この上ない孝養、親孝行でもある。人々もこの息子を褒め称えた、とある。

「え、親孝行?」という感じがする。

『今昔物語集』の内部が整然と整えられていることはⅠでも簡単に触れたが、この巻九は「震旦付孝養」という巻で、九ノ一三話は中国の孝行説話を集めているブロックに属する。天竺・震旦・本朝のそれぞれはじめの方に仏法部、後ろの方に本朝部が置かれているが、この巻九は仏法部、すなわち仏教説話としての扱いである。また、本朝の孝子説話も巻一九の仏法部に置かれている。親孝行は、仏教的にもほめられる事柄だったのである。

さて、それにしても、この息子の放生は、どこが親孝行だったのだろう。『今昔物語集』の叙述から見る限り、親が喜んでくれた、ということが何より親孝行だったということのようである。しかし、親がなぜ喜んでくれたのかの説明はなされない。心やさしい子に育ってくれたのが嬉しかったのだろうか。

『今昔物語集』研究史上、この九ノ一三は、『今昔物語集』が無理をして、あるいは一手間かけて、孝養話として扱っているとされている。例えば「報恩譚を本集が孝養話にとらえようとする意味づけ。…本話にはもともと孝養の要素は薄い」（小峯和明）[15]と評されたり、『今昔物語集』は父の銭を取り返すことができたことを以って孝養話として位置付けようとしており、それを強調するために、本話の標題の中に「父の銭を以って」と記されているのだ、と分析されたりしている（宮田尚）[29]。

『今昔物語集』編者が、編纂用資料として参照していたことが明らかな、中国伝来の『冥報《めいほう》記《き》』は、仏教の因果応報の思想が実際の世の中に貫かれていることを示すため、現報——死んだ後に報いを受けるのではなく、生きている間に、行為の報いを受ける——の説話を数多く集めている。善因善果、悪因悪果。この亀報恩譚の場合なら、当然のことながら善因善果である。

『冥報記』には、黒い衣の人々が五人ではなく五十人（もともとの亀が五十匹だったことから）やって来て、銭を届けてきた時点で、親は息子の身に何かあったのではないかと大変心配し、黒い衣の人々とも問答している。そして息子が帰って来た時、何よりも無事を喜んでいる。

『今昔物語集』が「本人も無事、父の銭も無駄にならず」が孝行の理由なのだ、と明示してくれれば、本話を孝養譚ととらえることにもっと納得できたところである。あるいは、生類を憐れむ心が動物に通じたことに親が感動したから、と記してくれても、読者としては大いに共感できただろう。

『打聞集』・『冥報記』

しかし、この説話を孝行説話ととらえている作品があるとなると、他の作品ではどうなのだろうと気になってくる。

お寺さんの説経の聞書が源になっていると考えられている『打聞集』には、「亀の奇有なる事に注したるなりと、ある僧の語りしなり」と記されていて、亀に関する奇跡として位置付けている。動物にも思いが通じるし、向こうからこんな恩返しをしてくるのだ、という話題は、確かに仏教のお説教の中で使えそうである。また、他の亀説話をとりあげたついでに、この話を続ける活用法もありそうである。

『冥報記』ではストーリーも仏教説話として整っていて、亀を助ける息子の名前は厳恭、この亀の奇跡の後、親子は深く仏教に帰依《きえ》し、その奇跡の起こった揚州に法華経書写の道場をつくり、後にはそこに転住する。「厳法華」と名付けられた写経の寺は子孫の代にも維持され、盗賊団でさえ「厳法華の里は襲わない」と約束をしていたほどで、後々までこの村の安全は守られる。亀の報恩の後にも、厳恭の身の周りに、彼を助ける奇跡が度々起こったことが記されているが、それらの奇跡の源を亀だけに帰する必要は特になく、彼の善行を仏様が見ていた、あるいは彼のこういう運命を天も後押ししていた、というイメージでとらえて問題ないだろう。

『冥報記』の厳恭親子は、亀の報恩から、動物の神通力を感じ取るに止まらず、善行を見ていた大きな存在――仏への思いを深め、写経道場を開くに至ったと考えられる。

亀が届けたもの

それにしても、亀はなぜ、わざわざ恩人の親の家まで銭を届けたのだろう。また、亀の奇跡が恩人親子にもたらしたものは何だったのだろう。

『宇治拾遺物語』はそれらについて具体的に語らないが、まず、亀は、一連の出来事を、息子だけでなく、是非親にも知らせたかったのだと思う。

もし亀が、親の家に帰る途中の息子に、どういう姿にせよ銭を返してしまったのなら、この不思議は、息子から親への間接的な報告になる。しかし、黒い衣の五人が、濡れた銭を持ってきたのを親は直接見、息子の方こそ、その顚末を親から聞いたのである。

なお、亀が銭を手渡した相手が親だったのは偶然ではないはずである。親の家に行ってみたら、息子はまだ帰り着いていなかったので、仕方なく親に言付けて帰ったわけではないだろう。直接渡せるはずの銭をわざわざ親の家まで届けるくらいなら、息子に道中渡してもよかったし、親の家で息子に渡したいなら、息子の帰りを待つことができたはずである。

亀は、親と子がそれぞれ知っている事実を語り合わせることで、一連の出来事が、不思議な、しかし紛れもない事実であることが明らかになるような方法で、銭を届けてきたのである。

そしてもう一つ、亀からの一番大きなプレゼントは、このような奇跡に、親も立ち会うことができた、ということだろうと思われる。

不思議な物音

この亀のように、遠回りして何かを届けにきてくれる不思議な話が他にもある。芥川龍之介が一躍『今昔物語集』を有名にした名文「今昔物語に就いて」でも採り上げた感動的な一話、『今昔物語集』巻一二ノ一七「尼、盗まれたる所の持仏に自然に値《あ》ひ奉れる語」もその一つである。

河内国（今の大阪府）に沙弥《しゃみ》（まだ正式な出家者になる手前）の尼がいた。平群《へぐり》（今の奈良県生駒市）の山寺で、信者に呼びかけ、仏の絵を描いた。この山寺に来てはこの絵像をお参りしていたのだが、用事で暫く来られなかった間に、絵像が盗人に盗まれてしまった。尼は嘆き悲しんで、できる限り手を尽くして捜したが見つからなかった。その尼が、今度は信者を募り、放生を行おうと思い、摂津国難波（今の大阪市）に行き、市場のそばの往来で丁度放生できるものはないかと見ていると、木の上に誰かが置いた背負い箱があり、中からいろいろな生き物の鳴き声がした。尼は「是非この箱の中身を買い取って放生しよう」と、箱の持ち主の帰りを待った。

持ち主が来たので、「これこれの理由であなたを待っていた」というのだが、男は「この中には生き物など入っていない」とつっぱねる。尼と押し問答になるうち、市場の人達も集まってきて「早く箱を開けろ」と男に詰め寄り始める。まずいと思ったのか、男は「ちょっと失礼」と場を外したきり戻って来なかったので、皆で箱を開けてみると、何と中には獣ではなく、尼が探し求めていた絵像が入っていた。

尼は、周りにいた市場の人達に事情を話し、皆も感激した。

尼は放生をやり遂げ、絵像を元の寺に安置した。

仏が箱の中で声を出して尼に聞かせるとは、何とも感慨深いことだ。人々も、これを聞いて頭を垂れて尊んだということである。

遠回りの意味

この話で奇跡を起こしたのは、亀ではなく仏様であり、万能さ加減は亀より大きいと考えられる。これだけの遠いお導きをして下さる仏様だったら、それこそ盗人の手から逃れて、自力で尼のもとに帰るのは決して難しくはなかっただろう。しかし、仏様はそうしなかった。仏様が自力で尼のもとに帰って来たなら、尼にはそのありがたい奇跡が分かるだろうが、周囲からは「年寄りだけにもともと紛失は思い違いだったのだろう」くらいで済まされかねない。しかし、衆人環視の元で仏様が戻って来たことで、奇跡は確かな事実と証明される。この状況で、仏様と再会できたいきさつを語ったなら、思い違いや偶然だと判断されることはまずないだろう。

仏様の遠回りは、尼が経験した奇跡が紛れもない事実であることを保証してくれるのである。例えば、次のような話もある。

殺生の罪を犯していた源雅通が、人知れぬ信心のおかげで極楽往生を遂げたことが、師僧に夢で伝えられた。人々はそれを信じて尊んだが、放逸邪見の藤原道雅は師僧の作り話だと言い放った。ところが、たまたま道雅が六波羅密寺の法会に出向くと、牛車の前に老尼二、三人がいて「ろくな善根を作っていない我身の将来を嘆いていたら、昨晩、『嘆くことはない。雅通朝臣も罪を犯していたのに、ただ正直で法華経を読誦していたために極楽に往生したのだ』と尊い老僧に言われる夢を見た」と語っていた。それを聞いた道雅は、たまたま居合わせた、見ず知らずの人の夢にまで、仏の世界からお告げがあるのだから、雅通の往生は疑いない、と信じた。

（『今昔物語集』一五ノ四三）

このように、どうしても伝えたい大切な連絡は、その真実性の保証のために、まま、遠回りしてもたらされるのである。まことに神聖な「急がば回れ」というところだろうか。

また絵仏は、これから尼が放生に行く、ということもお見通しで、そのために難波に行くこと、適切な獣を捜すことを知っていて、盗人が難波に来合わせるように仕向けたのだろう。そして、箱からぽんと絵仏が飛び出してくるようなことはせず、尼が捜している動物の声を出して、尼を導いた上で人々をも集めるのである。

奇跡の体験

奇跡の目撃は、当事者にも、周囲の人々にも多くの感慨を与えただろう。尼は、仏様がいつも自分を見ていたことに気づかされずにはいられない。

亀を助けた息子と親の場合は、「動物であっても、恩にはこうして報いようとするのだ」「善行は奇跡を生むものだ」といったことを感じたはずである。

こうした奇跡を実際に体験するというのは、選ばれた人にしか許されない。例えば、小野篁は現世では有能な学者官僚、閻魔庁でも冥官として事務を執っている、との噂のあった人物だが、好意で藤原高藤に、百鬼夜行を見せている（『江談抄《ごうだんしょう》』三ノ三八）。「篁が化け物たちと親しかったのだろうか」「化け物のパレードを見せてあげることが好意の表明になりうるのだろうか」などといろいろ考えさせられる。

しかし、一連の奇跡譚と合わせて考えると、特別なものを目撃・体験できるというのは、神秘であるだけでなく、神聖なこととして、選ばれた人にしか許されない、という考え方があったからこそ、百鬼夜行を見る経験をさせてあげる、というのも、一種のプレゼントになりえたのだろう。

助けた亀が息子の親の家に姿を見せたことで、亀の報恩が紛れもない事実であることが保証されるだけでなく、親までもが、その奇跡に立ち会うすばらしい体験をできたのである。

再び、最後に残るもの

助けられた亀や、尼の手元に戻った仏様が、天竺の親子や尼にもたらしたのは、失った銭や絵像だけでないことは明かである。よい行いをすると、なくしたものも戻って来る、というだけの、さしひきゼロのお話ではありえない。

一旦失った銭や絵像に加えて、天竺の親子や尼がもらったのは、奇跡に遭遇するという体験そのものである。その事実は、かつて他ならない自分の身に、そのような奇跡が起こったということ、自分の心一つに思ったことであっても、思わぬものがそれを見ていることを、長い間、くり返し思い出させただろう。

彼らにもたらされたものは、前章Ⅱの清水寺の仏様が下さった御帳の帷子同様、長い間信じ続けられる、ゆるぎない奇跡が、他ならない自分の身に実際に起こったという事実の重さそのものだったと考えられるのである。

Ⅳ　黙る男

——評価する人・される人——

〈笑い話〉

かいもちひの児

この章では笑い話について見てみよう。

笑い話には、登場人物の名前が面白さには関わらないものと、分かることで面白いものとがある。

分からなくても問題ないものの代表格は、例えば教科書にもたびたび登場する一二話「児《ちご》のかいもちひするに空寝したる事」だろう。


比叡山に児がいた。大人の僧たちが夜、「かいもちひ」（ぼたもちあるいはそばがき）をしようということになり、横になっていた児はわくわくしながら完成を待っていた。どうやら完成したらしい。僧が「起きて下さい」と呼びに来てくれたが、一度で返事をするのもいかにも待っていたようでみっともない、と子供心に考えて、もう一度呼ばれたところで目が覚めたようにしよう、とタイミングをはかっていると、「寝せておいてさしあげよ。幼い方は寝入っておられるのだろう」と他の僧がとめた。「ああ、何と言うことだ。早くもう一度声をかけてほしい」と思うのだが、僧たちがせっせと食べている音だけが聞こえてくる。たまらなくなった児は、かなりたってから勝手に「はい」と言ったので、（事情を察した）僧たちは大笑いした。

当時の寺には様々な年齢や立場の人々が仕えていた。その中で「児」は年少の見習い僧のような存在で、身分が高い場合もあり、また美しい児は同性愛の対象にもなった。この話では、かわいい児を起こすのがかわいそうだとの思いやりが仇となって、児は夜食欲しさに、呼ばれもしないのに「はい」と返事せざるをえなくなったのである。

父の作りたる麦

次の一三話「田舎の児、桜の散るを見て泣く事」にも、同じく比叡山の児が登場するが、かいもちひの児とはまた様相を異にする。

田舎出身の児が比叡山にいた。桜が見事に咲いたのに風が激しく吹いているのを見てさめざめと泣いていた。それを見たある僧が、そっとそばに寄り「なぜお泣きになるのか。桜の散るのを残念に思われるのか。桜ははかないもので、このように短い間に散ってしまいます。しかし、それだけのこと、そういうものなのです」と慰めたところ「桜が散るのはどうしようとも思わないし、かまわないの。でも、うちの父ちゃんが作った麦の花がこの風で散って、実がならないかと思うと辛くて辛くて」と言って、しゃくりあげておいおい泣いた。全くあきれたことである。

僧はそっと児に寄り添って、無常というものを直感しはじめたらしい児の君に、しっとり声をかけたつもりだったかも知れないが、田舎出身の児は、父親が作っている麦という現実的なものの心配をしていたのであった。

美や無常とはほど遠いが、実家の家業のことを心配しているこの児は、小さいなりに健気である。それが笑い話としてすっきり成立する背後には、当時稲と違って麦には「食べ物」のイメージが色濃くあった、という事情がある。

児の言ったことは、まさに「花より団子」だったわけである。

絶句する頼長

このように、僧や児の名前が分からなくても十分楽しさが伝わる話がある一方、具体名が分かることがとても大切な説話もある。特定の個人だからこその面白みがある話だ。「本章の一話」七二話「以長物忌《もちながものいみ》の事」はそういう説話の代表格である。

　大膳亮大夫《だいぜんのすけのたいふ》橘以長《もちなが》という、かつて朝廷の蔵人《くろうど》を務めた五位がいて、宇治左大臣藤原頼《より》長《なが》に仕えていた。ある日、頼長から呼び出されたが、「今日明日は厳重な物忌をせねばならないので出勤できません」と言ったところ、「宮仕えする身に物忌などあるか。すぐ参上せよ」と厳しく言われたので、不吉なことが起こらないかと心配しつつも参上した。

　それから十日ほどして、今度は主の頼長が、この上なく厳重な物忌をせねばならなくなった。門の隙間にもまるで戦の時のようなかいだてなど立て、魔除けの仁王講《にんのうこう》のための僧侶も、高陽院《かやのいん》がいらっしゃる建物側の土戸《つちど》（通用口）から入ってもらい、お付きの童子などは外で待たせる厳重さであった。

　この物忌のことを聞きつけた以長は、早速邸の土戸から中に入ろうとするが、警備の人間と押し問答になる。しかし「頼長様に呼ばれたのだ」と強引に押し入ってしまう。

　邸内に入ると以長は、自分たち職員の執務室兼宿所である蔵人所《くろうどどころ》で、何ということもないことを大きな声で話す。それを聞きつけた頼長は、「あれは誰の声だ」「以長でございます」「昨晩から詰めていたのかどうか確認して来い」と側近に言う。

命ぜられた側近が蔵人所にその旨確認しに行くと、以長は、待ってましたとばかりに「先日、私が物忌だった時に頼長様は『宮仕えする身に物忌などあるか。すぐ参上せよ』と仰ったので出勤しました。（頼長様も天皇にお仕えする身）ですから、このお邸には物忌ということはないのだと知ったのです」と答えた。

それを聞くと、頼長はうなずいて、何も仰らず、それきりになった。

物忌は、陰陽道などに基づく当時一般的だった風習で、運気が下がっている時は運勢という体力が弱っており、外で細菌やウィルスのような魔物に感染しやすいので、人混みに出ず、家で大人しく過ごす、という習慣である。

物忌当日は、新たな細菌やウィルスを身につけて外部の者が入って来ないようにし、当直の者も前日の夜中から邸に入っておく。夜にはいなかったはずの以長の声が途中からしたので、「昨晩からいたのか」と頼長が聞きとがめたわけである。

悪左府の精励

使用人が主をやりこめていることだけでも何やら愉快だが、やりこめられているのは、保元の乱で流れ矢にあたって亡くなったあの碩学、藤原頼長である。悲劇の主人公としてではなく、彼が学識豊かで故実に精通し、大変仕事に厳しい人だったことを知っている当時の読者には、痛快さが倍増する。

頼長は「悪左府《あくさふ》」（手強い左大臣）とニックネームがついていたことからも分かるように、朝廷の僧俗が、なれあいでだらしなくなっていることに批判的で、公事《くじ》（朝廷の行事）が厳格に、本来通りに行われるよう務めた人であった。歴史物語の『今鏡《いまかがみ》』五には、用事があるから、と招集に応じなかった南都の僧侶の住まいを、頼長が叩き壊させた、という極端な逸話なども記されている。

七二話の以長は、橘氏一門の氏長者《うじのちょうじゃ》（総帥）で、摂関家に代々仕える家柄であった。長年の主従の親しいやりとりの側面があるにしても、このように厳格な頼長に向かって、先ほどの理屈を大声で聞こえよがしに言った以長は大したものである。

しかし頼長は、人に厳しいだけでなく、自分にも厳しい人であった。頼長の日記『台記《たいき》』には、父忠実がお灸治療をする日に頼長が見舞いに来たので、忠実が「今日、お前は物忌の日ではなかったか」と尋ね、「確かにそうですが、先日私は父上のお灸治療に立ち会うため、閣議を欠席しました。今日もし私が、自分の物忌を優先して父上の見舞いに出向かねば、結局のところ私は、閣議を最も軽んじていることになります。また、親孝行という点でも、自分の物忌に汲々としているよりいいだろうと思いまして」と、まことに殊勝に答えている。これに対して忠実は「確かに一理あるが、あまりにも厳格過ぎるのではないかな」と言っている（保延二年〈一一三六〉一〇月三〇日。『新日本古典文学大系　宇治拾遺物語[1]』脚注参照）。

なお、当時のお灸治療は、効果の著しい医療行為と考えられていたので、頼長にしてみると、親の日帰り手術の立ち会い、のような心持ちだったと思われる。

また、頼長はかねて子どもたちに遺誡《ゆいかい》（訓示）し、その中で「衣服の美を求めず、召使いの少ないのを気にせず、……ひたすら忠勤に励め。……私が死んだ後、もし霊魂が存在するなら、それは宮中の執政の場のそばにあるだろう。私に会いたければ、公事がなくても正装してここに来るがよい。……」と言っているほどである（『台記』仁平三年〈一一五三〉九月一七日）。

このように、頼長は公事に対する姿勢について、自分にも他人にも厳しく、また道理や原則を尊ぶ人でもあったので、一理ある以長の言い分を、目下の言葉であっても認めたわけである。

七二話は、頼長のこうした人となりあってこそ、痛快さが分かる話である。先述したような厳しい頼長像は、『宇治拾遺物語』が編纂された時代に当然ながら広く知られていた。

下馬しない以長

驚くべきことに、以長は『宇治拾遺物語』の中でもう一度、頼長を黙らせている。ただし今回の頼長はただ絶句して終わるのではなく、有職故実に非常に詳しい父忠実に、自分と以長の判断の適否を問い合わせる。九九話「大膳大夫以長、前駈《ぜんく》の間の事」を見てみよう。

橘大膳亮大夫以長という、かつて朝廷の蔵人を務めた五位がいた。法勝寺《ほっしょうじ》の千僧供養に鳥羽院が御幸された時、宇治左大臣藤原頼長も参上なさった。頼長の車の前を公卿の車が通っていた。後ろ側から左大臣頼長がいらしたため、前の公卿の車は車を止めて頼長の車を先に通したので、頼長一行の前駆の随身《ずいじん》たちは、下馬して通って行った。しかし、この以長一人は下馬しなかった。どうしたことかといぶかしく思ったが、そのまま通らせた。

帰宅後頼長は「何としたことか。公卿と行き会って、相手が作法に則って車を止めたので、前駆の随身たちはみな下馬して通ったのに、未熟な者ならともかく、お前のようなべテランが下馬もしないとは」と仰った。以長は「これは意外な仰しゃりよう。作法というのは、先を行く人がいて、後ろから上位者がいらしたら、車を逆方向に向けて上位者の車に向かい合わせ、牛を車から外し踏み台である榻《しじ》に軛《くびき》を置いて、通らせ申すのをこそ作法と申しますのに。先を行く者が車だけ止めても、後ろを見せたまま通すのでは、礼節どころか無礼なことだと思ったので、そんな手合いになぜ下馬する必要があろうかと下りませんでした。近づいていって一言言わねばならないかとも思いましたが、何分私も年なのでひかえました」と言った。頼長は「さて、どうしたものだろう」と思い、「あの御方に「これこれの事がございましたが、どうすべきものでございましょう」と申し上げると「何分以長はベテランの侍でございます」とお返事があった。

昔は、牛を外し、榻を轅《ながえ》の内側に、下車する時のように置いた。これが本当の礼節だということだ。

礼節の仕方

頼長は帰宅後、「向こう様もきちんと礼節され、こちらの前駈も下馬して応じたのに、先ほどはお前一人どうしたことか」と以長を注意する。しかし意外にも以長は、丁重ながら猛反論する。「本来だったら、相手の非礼を咎めたいところだったが、年なのでやめておいた」というわけである。牛車の部分の名前は下図を参照して頂きたい。

この話のキーワード「礼節」は、「礼節を知らざるに似たり」（『小右記《しょうゆうき》』正暦四年〈九九三〉四月二五日）のように、「礼儀」一般の意味で用いることもあるが、この場合は「車礼」、車同士が出会った時の敬礼の意味である。

源高明の有職故実書『西宮記《さいきゅうき》』では、まず馬上の人同士が会った時の敬礼について、次のように述べている。

　拝礼について、式（『延喜式《えんぎしき》』）に規定はあるが、この頃のやり方は根拠があるわけではない。ただ状況に拠るのがよい。

とし、次に「車礼」について、

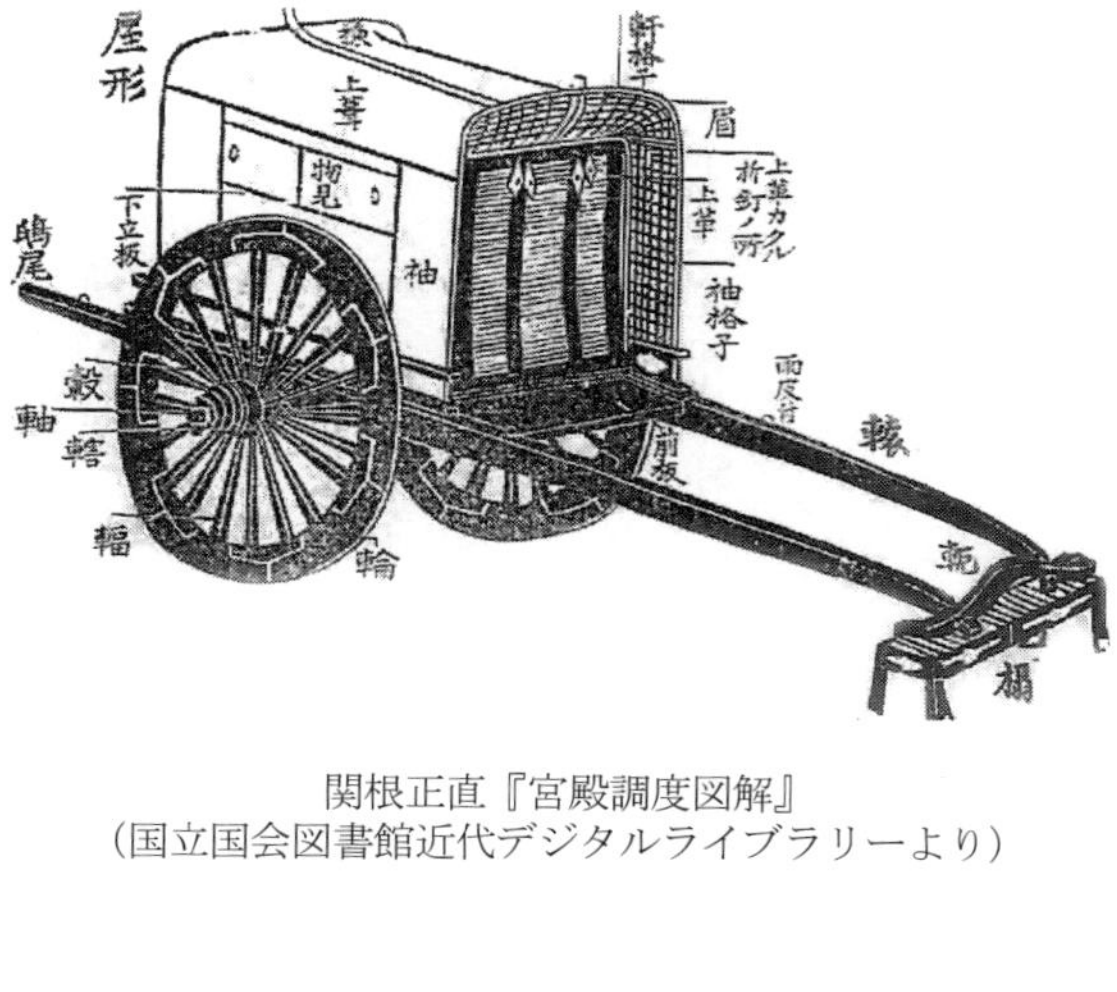

関根正直『宮殿調度図解』
（国立国会図書館近代デジタルライブラリーより）

式に載せていないが、世俗のやり方を記しておく。

と前置きし、次のように述べている。


親王と大臣が会ったなら、各車を留め、前駈は馬を下りる。

大納言が親王・大臣に会ったなら、車を押さえる。大臣の前駆は馬を下りる。

参議が親王・大臣に会ったなら、参議は牛を放ち榻《しじ》を立てる（あるいは榻は立てない）。……

（ある説には、参議は牛を放つべきでなく、ただ車を押さえるべきだと。ただし大弁の参議は牛を放ち榻を立てる。また摂政関白に対しては、他の参議も牛を放ち榻を立てるということだ。）……


いやはやなかなか大変である。

大体同格だと、車を留め合い、前駈は下馬し合う。

片方が若干上位だと、下位の者は車を押さえて上位者を通し、上位者の前駈は下馬する。

上下がはっきりしている場合は、下位の者は牛をはずし停車用の榻をセットする。今でいえば、自動車が、走る意志がないことを、ヘッドライトを消すことで示すようなものだろうか。ただし、参議は牛を放つまですべきでない、とする説や、大臣級より上の、ずばり摂政関白に会った場合は、参議であっても牛を放ち榻を立てるのだ、といった説もあったわけである。『宇治拾遺物語』九九話の理解のためには、下位の者は車を押さえて上位者を通し、上位者の前駈は下馬する、という、大納言が親王・大臣に会った場合の表現が参考になる。つまり頼長と、相手方一行は、それぞれこのタイプの礼節を行ったわけである。

しかし、以長が主張したやり方は牛も放って榻も立てる、という、摂政関白と参議が会った場合に近いことが分かる。

ちなみに頼長は生涯摂政関白にはなっておらず、九九話も本文中の呼称通り、左大臣時代として扱っておく。

『弘安礼節』

もう一つ、弘安八年（一二八五）に成立した礼式の書『弘安礼節』の「路頭の礼の事」を見ておこう。左大臣に対する公卿、ではないが、類推できる部分がある。

親王に遭う礼の事

大臣の場合は、共に車を控え、従者たちは互いに下馬する。大臣の前駆以下は車の傍らに列居する（並んでひざまずく）。親王の前駆は歩行して通る。親王の車が通り過ぎたら、大臣の従者たちは騎馬して進む。もし親王の車が後ろから来たならば、大臣の車は親王の車に向かい合わせて立てる。その他のケースも、これに準ずるとよい。

なるほど、以長が言っていた、後ろから上位者の車が来たら、前の下位者の車は、後ろに向き直って留める、という作法があったことが分かる。

さて、以長が言っているようなふるまい方があったことは分かったが、かなり丁寧な礼節だったらしいこと、また、その丁寧なやり方は、左大臣と他の公卿との間で行われるべきものであったのか、難しいところである。

さきほどの『西宮記』でも、牛を外して榻をセットまですべきかどうか、といったあたりは説が分かれると言っていたが、故実書に記されるような原則は原則として、実際には絶対的な基準がなく、貴族たちも困ることが度々だったようである。

特に、高位者同士が出会った時の、前駆の者たちのふるまいには厄介な場合があった。先回りして言うと、主Aと前駈たちa、主Bと前駈たちbが会った場合、主Aが主Bより上位であったとしても、前駈たちaが主Bより上位ではありえないから、前駈たちaまで主Aに引かれて大きな顔をして主Bたち一行の前を通ってよいかどうか、という問題があったのである。

礼節をめぐるトラブル

例えば藤原道家の日記『玉蘂《ぎょくずい》』には、上皇の一行と執柄《しっぺい》（摂政関白）の一行が会った際の礼節に関する、次のような記事が見える。

御幸の時、執柄を務めている臣下の車と（上皇の車が）路頭で遭遇した場合、上皇に供奉している人の作法について、問題が持ち上がった。後鳥羽院は松殿《まつどの》入道藤原基房《もとふさ》や左府入道藤原実房《さねふさ》らに意見を求められた。

入道関白基房は「前陣（上皇の乗り物の前側を行く者たち）は下馬せず、しかし前陣のうち、検非違使《けびいし》や北面の輩は下馬すべきでしょう。これは上皇の御車が前を通る時、執柄も下車なさるべきなので、前陣の（下位の）者が（摂政関白に対して）下馬しないわけにはいかないからです」と答えた。

左府入道実房は、父三条内府公教《きんのり》の日記の一部を提出した。それによると、知足院殿《ちそくいんどの》忠実が、大殿として鳥羽院の御幸に遭遇した時、（実房の祖父）八条大相国実行《さねゆき》（当時大納言）以下、院に供奉する人々は皆悉く（院に対して礼節している忠実に敬意を払って）下馬した、とのことだった。

これらの答申に対して、後鳥羽院は「両人の説は全く当たらない。上皇は臣下に礼節すべきでない。その上皇に供奉する者が下馬してよかろうか。先例を尋ねると、上皇が参内しないのは、陣（内裏門内、または里内裏周囲の、それに相当するエリア。飯淵康一[5]）の外で下車して礼せねばならないのが不都合なので参内されないのだ。（上皇が天皇に礼をするのさえ不都合なのに）ましてや上皇（の一行）が臣下に会った時に礼などしてよかろうものか。論外である。今後、上皇に供奉する者の前列の者・後列の者は、（執柄一行に会おうとも）下馬してはいけない、と皆に命じておく」と仰った。（承元五年〈一二一一〉六月九日）

どうやら、後鳥羽院は、自分の行列に供奉している者全体が、他者一行全体より上位なのだから、という論理をあてはめねばすまない様子。先ほどのパターンでいうと、主Aグループ全体が主Bグループ全体より上位、という考え方なのである。

ただし、上皇が天皇のもとに参内することをはばかるのは、上皇が天皇に対して臣下の礼をとることが問題であるからなのだ、と理由付けようというのは無理なようである。『玉蘂』の記者道家もそれを指摘しつつ、次のように論評している。

私（道家）の考えでは、太上天皇が原則参内されないのは、憚りがあるためであって、礼をせぬため云々は関係ない。なぜなら寛平《かんぴょう》法皇（宇多法皇）は菅丞相《かんじょうしょう》（菅原道真）の（無実である）ことを（醍醐天皇に）申さんが為に参内の際、下車して陣の外に候されたという。これは陣から下車して参入するのより一層丁重な礼だ。（どうしても面会せねばならない時は、ここまで丁重な礼をとってまで、上皇が参内されたこともあるのだ。）また寛治の（堀河天皇の）元服の時、白河院が参内して見物したいと仰せになり、周囲に尋ねたところ、憚りがありましょうとのことでとどめられた。これも上皇側が礼をするのが良い悪いとは関係ない。

執柄の臣下が下車して地面に跪《ひざまず》いている時に、検非違使や北面の者が下馬しないというのは大いに無礼である。「前陣の公卿は下馬しない（が他は下馬する）」という松殿の案を採るべきではないか。識者はよく考えるべきところである。

あの御方への問い合わせ

『宇治拾遺物語』九九話の以長は、「相手が手抜きの挨拶をしているのに、こちらが丁寧にすることはない」、もっと言えば、「近頃の手抜きの礼節を黙認しているのはどうかと思うと日頃から感じていた」という含みの感じられる反論のようである。

確かに、もっとも丁寧な作法を採用するのであれば、以長の言うことには一理ある。しかし、有職故実や原理原則全般によく通じ、やかましかった頼長でさえ、「さて、どうしたものか」と思うほどの厄介な案件だったわけである。

そこで頼長が質問した「あの御方」。頼長の質問にも答えられるお方、といえば、真っ先に考えられるのは、有職故実や音楽に詳しかったことで有名な父、忠実である。

忠実は知足院殿《ちそくいんどの》・富家殿《ふけどの》と呼ばれ、有職故実に造詣が深かった様子は、中原師元《もろもと》・高階仲行が記したと考えられる忠実の談話録、『中外抄《ちゅうがいしょう》』・『富家語《ふけご》』からも、存分に伝わってくる。

『宇治拾遺物語』の典拠（題材）の一つ『古事談』には、忠実の説話が数多く収められている。『古事談』が忠実の談話録『中外抄』・『富家語』を頻用したせいもあるだろうが、『古事談』の少し後に成立したと考えられる『宇治拾遺物語』には、この説話以外に忠実は姿を見せない。

代わって『宇治拾遺物語』でたびたび印象的に登場するのは、頼長の兄法性寺殿忠通《ほっしょうじどのただみち》である。『宇治拾遺物語』に忠通の周辺で語られたと思われる説話が多く記され、『宇治拾遺物語』の編者が忠通のそばにいた可能性も指摘されている（谷口耕一[20]・山岡敬和[34][35]）。ただし、編者は忠実や頼長の周辺にも詳しく、例えば七二話「以長物忌の事」で、彼らが共に住んでいた土御門《つちみかど》殿《どの》（話の舞台は諸注のいう東三条邸ではない）という邸の、小さな通用口（「高陽院《かやのゐん》の方の土戸《つちど》」）の存在なども知っていて、「皆さんご存じのあの戸」とばかりに、話の香辛料としてぱらりとふりかけたりしている。編者の属したエリアを絞り込むというのは、なかなか難しい面もあるのである。

さて、九九話で忠実のことを知足院殿あるいは富家殿と言わずに「あの御方」と言ったのはなぜだろう。ニュアンスとしてはご存じ「あの御方」なのだろうが、何分うるさがたなので「あの御方」なのか。実名を出すのは憚られるから「あの御方」なのか。

忠実という存在

たしかに忠実は、よくも悪しくも「うるさがた」であった。例えば慈円《じえん》は『愚管抄《ぐかんしょう》』四で忠実を「執《しふ》深き人」、何事にも強くこだわらずにいられない人、と称している。

一方、忠実の実名を出すのを憚るとするなら、それは保元の乱後、頼長に荷担したかどで忠実が幽閉されたから、という理由だろうか。

たしかに鎌倉時代前半の摂関家周辺には、忠実について、場合によっては憚る空気があったようである。例えば先ほども用いた九条道家の日記『玉蘂』には、仲基《なかもと》入道という人物が、度々道家を訪ねて来て、「古事を談」じたことが記されている（益田勝実[26]）。

有職故実のこと、一芸ある人間が忠実に面会を求めると必ず会ってやったこと、「家中礼儀事」すなわち摂関家に於ける作法のことなどを仲基は語り、道家は聞き取った内容を「別紙」に記しているほどである。

その仲基の一連の訪問が一区切りする承元四年（一二一〇）九月六日、仲基入道は「白檀造りの愛染王」像一体を道家に与える。「霊験あらたかで、相好がすばらしいので信心なさい。知足院殿も愛染明王を信心なさっていました」と言い置いて行った。

道家は「思うにこの像は知足院殿がお参りなさっていた御本尊そのものだろう。外聞をはばかることだ」と言っている。

道家は、摂関家相続流の一つ九条家の人で、

忠実――忠通――兼実――良経――道家

と続く、忠実の直系の子孫である。一一五六年の保元の乱から既に半世紀以上が経っているが、この時なお、忠実の念持仏《ねんじぶつ》というと人聞きをはばかる空気があったのではないかと想像されるところである。もしも、誰にも知らせず大切にせねば、の意味なら「外聞に達すべからざる事也」ではなく「秘蔵すべき者也」といった記述になっただろうと思われる。

もともと忠実は祈りや神通の世界にも通じ、吉祥（幸運の知らせ）である足のある蛇を見た（『中外抄』上八六）、茶枳尼《だきに》の法（狐を祀る）を自ら習い行った（『古今著聞集』二六五）、伝法院《でんぼういん》流の祖、真言宗の高僧覚鑁《かくばん》に鳶《とび》の尾羽がついているのが見えた（『中外抄』下五二）、といった逸話も残っている。

忠実は、『宇治拾遺物語』成立の頃の人々にとって、有職故実や音楽に関して、尊重すべき多くの説を残した博識な人であり、精神世界に於いても、特異な力を連想させる人であったと想像される。

橘以長と高階仲行

前後したが、道家のもとにやって来た仲基入道について簡単に説明しておきたい。

先ほど、忠実の談話録『富家語』を書き記した高階仲行という人物が出て来たが、この仲行は、忠実・頼長・頼長息師長《もろなが》そして頼長の姉で鳥羽院皇后高陽院《かやのいん》泰子に仕え、忠実と頼長の間の使いとしても頻繁に行き来していた。

忠実が、摂関家の氏長者（一門の家督）を頼長に譲るよう嫡男忠通に強引に求め、忠通が拒否した際、氏長者の象徴である朱器台盤《しゅきだいばん》以下を忠通のもとから奪い取ってくるよう忠実から仰せつかったのも、この仲行である（『台記』久安六年〈一一五〇〉九月二六日）。

そして、『宇治拾遺物語』で二度にわたって頼長を絶句させている大膳亮大夫橘以長は、仲行と長く同僚で、忠実、頼長、兼長、泰子、そして近衛天皇皇后多子（頼長の養女）に仕えた、まさに忠実・頼長父子の側近の一人であった。

その高階仲行には仲基、仲国らの子息がいたことが分かり、『愚管抄』四にも、保元の乱の頼長の最期について「細かく仲行の息子に聞き取り調査をしたのだが」と書かれている。仲行はまさに忠実・頼長親子に最も近い臣下の一人だったのである。そして、道家に愛染明王像を置いていった仲基入道は、この仲行の子息の一人だと考えられる。

随分話が多岐に亘ってしまった。

忠実を「あの御方」と呼んだのはなぜかを推測するための道草だったのだが、忠実を憚る空気といっても、有職故実の世界などでは、忠実およびその流れを汲む説は大いに尊重されている。また、保元の乱の敗者の側であったから、という理由で忠実を憚るのであれば、流れ矢に当たって横死した頼長の方こそもっと憚らねばならないのではないかと思われるが、頼長について言及するのはまずい、という空気は、少なくとも『宇治拾遺物語』成立の頃にあったようには感じられない。

それらを考えると、『宇治拾遺物語』九九話で忠実が、「あの御方」と、何やらいわくありげに語られているのは「何分うるさがたのあの御方」の意味であると、とりあえず理解しておきたいと思う。

お株をとられる人々

九九話の内容に戻るが、以長一人下馬しなかったのを、帰宅後頼長が注意したところ、思わぬ以長の反論に合い、判断に迷った頼長は「あの御方」、父忠実らしき人物に問い合わせる。

すると忠実は「何分以長はベテランの侍でございます」と答えたのであった。

息子に対して丁重な答えなのは、いかにわが子と言っても、時の天皇のもと、閣僚を務めているような人物に対する敬意からである。

ベテランの言うことには一理ある、以長の言い分も根拠のないことではない、といった忠実の答えでは、結局どうすべきだったのか分からないではないか、という気もするが、お気づきのように、以長が厳格な作法を主張し、日頃やかまし屋で鳴らしている頼長の方が、世の中の趨勢に合わせた判断だと以長に言われたことが、九九話の眼目である。

またしても頼長は、いつもの自分のお株をとられる格好で以長に一本取られてしまう。その上、彼は公事への姿勢や、有職故実の維持といったことに日頃うるさい人であったから、目下の者に対してとはいえ、「そんなことはどうでもいいのだ」とはとても言えないのである。

頼長の説話のおかしさはまさにここにある。本来だったら頼長こそがその道の第一人者のはずなのに、その専門ど真ん中のテーマに関してやりこめられてしまう。それも、自分より格下の存在にである。

ところで『宇治拾遺物語』には、この頼長同様、登場する度に、なぜか一般のイメージと違う結末を迎える有名人がいる。儒教の聖人孔子である。

早速、孔子の三つの説話のあらすじを見てみよう。

『宇治拾遺物語』の孔子

九〇話「帽子の叟《おきな》、孔子と問答の事」

孔子と弟子達が岡で逍遙《しょうよう》（散策）していた。孔子は琴を弾き、弟子たちは書を読んでいた。ここに帽子をかぶった叟が舟に乗ってやって来て、舟をつなぐと琴の演奏を聴いていた。叟は弟子の一人を呼んで「あの琴を弾いていた方は国王か」と聞いた。弟子は「ちがいます」と答えた。「では、国の大臣か」「ちがいます」。「では、国の役人か」「ちがいます」。「では何者か」「ただ賢人として政のあり方を解き、悪いことを正される方です」と答えた。叟はあざ笑って「ひどい愚か者だ」と言い残して去った。

この様子を弟子から聞いた孔子は「賢人に違いない。早速戻ってきて頂くように」と弟子に命じ、叟と孔子の問答が始まった。

叟は孔子に「世間に影を嫌う人がいる。日陰でのんびりしていれば影は離れるのに、晴れにいて影から逃れようと必死に走るので影はついてくるばかりだ。……人間、居所を定めて暮らすのが自然な望みなのに、それもせず、世間のことばかり考えて心騒がすのはまことに心許《こころもと》ないことだ」と言い放つと、孔子の返事も聞かず、舟に乗って去った。
孔子は棹の音がしなくなるまで後ろ姿を拝み、それから帰路についた。

一五二話「八歳の童、孔子問答の事」

孔子が道を歩いていると、八歳くらいの子どもと出会った。孔子に向かって「太陽の沈むところと洛陽《らくよう》の都はどちらが遠いの」と聞いた。孔子は「太陽の沈むところは遠い。それに比べて洛陽は近い」と答えた。子どもは「太陽の出入りするところは見えるが、洛陽は見えない。だから太陽が沈むところは近くて、洛陽は遠いと思う」と言ったので、孔子は「賢い子どもだ」と感心なさった。
「孔子に向かって、気楽にものを尋ねる人などいないのに、この子はきっとただ者ではなかったのだ」と人々は言った。

一九七話「盗跖、孔子と問答の事」

賢人柳下恵《りゅうかけい》に盗跖《とうせき》という大盗賊の弟がいた。山に悪い仲間を集めて、人の物を奪い、町にならず者を連れ歩いて、悪事の限りを尽くしていた。ある日、道で柳下恵と孔子が出くわし、「丁度教訓してさし上げたいことがあった。あなたはなぜ弟の悪事をとめないのか」「私の申すことなどまったく聞き入れないので、嘆きながらどうすることもできません」「あなたが導けないのなら、私が行って教えよう」「おやめなさい。どんな言葉も聞く耳を持たないだけでなく、却って大変なことになるでしょう」「どんな悪人でも、人として生まれた以上、良い言葉に納得することもある。見ていて御覧なさい。教訓してみせましょう」と孔子は言って、盗跖のもとに行った。

盗跖の根城は大変怖ろしいところで、盗跖は髪が乱れ逆立ち、目はぎょろぎょろとし、鼻息は異常に荒く、牙をかみ、髭をいからかしていた。

孔子が早速「人はよいことをして生きるべきだ」云々と説くと、盗跖は雷のような声で笑い「お前の言うことは全く的外れだ。昔、堯《ぎょう》・舜《しゅん》という賢王がいたが、その子孫たちは、今では針刺すほどの土地も治めていない。また、世に賢人といったら伯夷《はくい》・叔斉《しゅくせい》が代表だ。しかし最期は首陽山《しゅようさん》で飢え死にした。お前の弟子に顔回《がんかい》という賢いのがいたが、不幸で短命だった。また子路《しろ》という弟子は、衛の門で殺された。このように、賢い者によいことが起こるわけでなし、悪いことをしたからとて災いがやって来るわけでもない。いいことも悪いこともほめられてもそしられても長くは続かない。だから自分の好きなように生きるのが一番だ。そもそもお前は、木で冠をつくり、皮で衣をつくり、世間や朝廷を畏怖して過ごしても、魯《ろ》にも衛にも用いられずにはじき出された。どうしてそう愚かなのだ。さっさと帰れ、一つも取るべきところがない」と言った。

孔子は、全く二の句が継げず、急ぎ馬に乗って去ろうとしたが、よほど気後れしたのか、馬の轡《くつわ》を二度外し、鐙《あぶみ》を何度も踏み外した。

このことを、世間では「孔子倒《くじだお》れ」（孔子も地に倒れることがある）と言うようになった。

初めて読むとどれも意外な内容で驚かされる。

まず九〇話。『荘子《そうじ》』に淵源がある説話だが、老荘思想の持ち主らしきおじいさんが、孔子の弟子に「あの御仁は何たる愚か者だ」と言うまでの持って行き方は見事で、ちょっと孔子様が気の毒である。

一五二話に出て来るのは八歳の子どもである。これも中国渡来の漢籍、『列子』と『世説新語《せせつしんご》』の逸話をあわせたような内容で、『列子』だと二人の子どものやりとりの行事役を務めようとして孔子が窮し、子どもたちに笑われる。

一九七話は『宇治拾遺物語』の最後を飾る一話だが、大盗賊盗跖の理屈に完膚無きまでにやられ、その上銅鑼声におびえて、落馬しそうになりながら帰る。「孔子倒れ」は『源氏物語』胡蝶《こちょう》にも出ている当時有名な諺だが、あたかも諺の語源説話のようにして、『宇治拾遺物語』全巻は終わるのである。

『今昔物語集』の孔子

さて、『宇治拾遺物語』は偉いと言われている人の失敗談を集めて、ちょっと愉快になっているのだろうか。

それを考える手がかりとして、再び『宇治拾遺物語』の親戚、『今昔物語集』に登場してもらおう。『今昔物語集』はこれら孔子説話の同話および類話を、巻一〇に集成している。

冒頭、孔子は「心賢くして悟り深し」と紹介されている。幼くから聡明で、大人になっては学識豊か、弟子が多く、「公に仕へては政を直《ただ》し、私に行ては人を教ふ。惣《す》べて事として不愚《おろかな》らず。此に依《より》て、国の人、皆、首《かうべ》を低《かたぶ》け貴ぶ事無限《かぎりな》し」と絶賛されている。

この日、孔子は次々と妙な子どもに会う。

はじめの子どもは道路の真ん中に土の城をでかでかと作って遊んでいるので、「車が通れないからどけて」と孔子が言うと、「普通は車が城を避けて通るものだろう、城の方が車を避けることはできないよ」と気の利いたことをいうので、車を迂回させた。

この子と即興の見事な言葉闘いをし「此の童、只の者には非ざりけり」と思って通り過ぎると、今度は二人の子どもが何やら言い合っている。「朝の太陽と昼の太陽は、どちらが自分たちと距離が近いか」という内容だった。朝より昼の方が暑いから昼の方が近いのだ、いや朝日の方が昼の太陽より大きいから朝の方が近いのだ（『列子』により補読）、とどちらが正しいとも言い難く、孔子が白黒つけられずにいると、二人の子どもは「孔子様は何でも知っているのかと思ったら、ダメな人なんだね」と笑った。孔子は感心して「只者《ただもの》には非《あら》ぬ者也けり」と褒めた。

孔子が弟子を連れて道を行くと、垣根から馬が首を出していた。孔子は「ここに牛が首を出している」と言った。弟子は「なぜ馬を牛というのだろう」と思ったが、第一の弟子顔回が「暦の午《うま》の字の縦棒を長くして首を出すと牛という字になるから、皆を試そうと仰ったのだ」と気づいた。他の弟子も順に気づいて、最後の弟子は一六町行ったところで気づいた。

このように、人の心の回転の速い遅いは自ずから現れる。孔子はこのように智恵が広いので、人々が敬うのだ。

（『今昔物語集』一〇ノ九「臣下孔子《くじ》に、道に行き値《あ》へる童子の問ひ申せる語」）

このように、孔子の讃嘆に始まり、終わる『今昔物語集』でも、賢い子どもに驚くばかりで、孔子自身、多少気の利いたことを仰るのは、弟子相手の最後の話だけ、という有様である。

また、この第九話の次が「孔子逍遙せしに、栄啓期《やうけいご》に値《あ》ひて聞ける語第十」で、『宇治拾遺物語』九〇話の帽子の叟の話である。「我が身には三の楽《たのしび》有り。人と生まれたる……、男と生まれたる……、今、年九十五に成る、此れ三の楽なり」という栄啓期のセリフ以外、ほぼ『宇治拾遺物語』と同じ展開で、やはり最後に孔子は棹の音が聞こえなくなるまで後ろ姿を見送っている。

そして数話先の一〇ノ一五話には盗跖との「孔子倒れ」の逸話が置かれている。説話のはじまりも終わり方も、『宇治拾遺物語』とほぼ同じである。

孔子様はダメな人？

『宇治拾遺物語』の孔子観が独特なのか、と思ったが、そういうわけでもなさそうである。

『今昔物語集』でも孔子は、話群冒頭で賢人として紹介されていながら、賢人ぶりは、なぜか封殺されがちに見える。

このことから、『宇治拾遺物語』の孔子観が必ずしも独特なのではなく、『今昔物語集』と『宇治拾遺物語』の共通資料に於ける孔子の扱いが、既に完全無欠の賢人、ではなかった可能性を考えておく必要がある。

ただし、『今昔物語集』の中の孔子は、震旦（中国）の世俗説話の一つとしての扱いだが、『宇治拾遺物語』の場合、「孔子倒れ」が集の最後に置かれている点でその意味は重いと言わざるをえない。『宇治拾遺物語』の編者は、「孔子倒れ」の説話を、何らかの意味で作品世界を象徴する内容だと考えて、全巻の末尾に置いたと推測されるからである。

さて、『宇治拾遺物語』および『今昔物語集』の孔子は、評判ほど偉くはない人、としてのみ登場しているのだろうか。

これらの孔子説話では、老人、子ども、大盗賊と、本来だったら聖人孔子に比べ、その発言が重んじられる可能性の低そうな立場の人物が登場しては、孔子から一本とって退場する。

問題は孔子の負けっぷり。常に完敗している。後ろ姿を拝む、賢い子どもだと感心する、言うべきことが見つからず、這々の体で馬上の人となる――どの孔子も言い訳せずに負けている。

そもそも、どこの誰とも知れない、ずけずけ物をいう老人だの子どもだの、大盗賊だのの言うことをまともに聞き、「賢人だ」、「賢い子どもだ」、「一理ある」と認めて歩く、ということ自体、普通の人にはできないことである。

道理を重んじ、人はどうあるべきか考えることを仕事にして、諸国を遊説していた孔子であれば、こういう態度は当然望まれるところだが、その立場の人であればこうあってほしい、という人間像を裏切りがちなのが、実際の世の中であるし、説話の世界である。

しかし、孔子は、いかにも孔子らしい思考回路と価値観で、負け続けるのである。

これは、頼長の場合と実は同じである。

普通であれば、高圧的な態度で自分に都合の悪いことをごまかしてしまいがちな場面で、かれらは立派に負けて、一本とられる。偉い人ほどじたばたしそうな場面で、かれらは見事に一敗地にまみれる有名人なのである。

賢さで売っている人が、自分を上回る賢さを示した人をすっきり認められる、というのは、本当の賢人の姿を示している。その点で、老人・子ども・盗賊に一本とられる孔子説話は、たしかに予想とは違う展開だが、孔子をけなす説話なわけではない。

その延長上にある盗跖の話も、わざわざ理想に燃えて敵地に突入して、想像以上にぼろぼろになって戻って来るが、見苦しい孔子が出て来るわけではない。

格好悪いのと見苦しいのとは違うのである。

ただし、最終話の孔子に余裕は全く感じられず、もはや立派であるとか、格好悪いとかいうような価値自体、孔子様ご本人共々、盗跖の銅鑼声に吹き飛ばされそうである。

評価する人・される人

有名人が意外な人物にお株をとられる説話の代表的なものとして、頼長と孔子の説話を見て来た。

そもそも、ここに出て来る橘以長・老人・子ども・盗跖の言動が意味を持つのは、それぞれ言い負かした相手が頼長であり孔子だったからで、これが家族だの近所の誰かだのにこういうことを言えたからといって、説話集に残った可能性はほとんど皆無だろう。

負ける側が大きな存在であればあるだけ、勝った側が光る。——負ける側の存在が大きいからこそ、勝利が意味を持つ。

頼長や孔子は、本来なら人々を評価する立場であるはずが、相手に批判されたり揶揄されたりしている。頼長・孔子説話のおもしろさの源は、単なる有名人の失敗譚ではなく、こういった角度から見ることでより鮮明にとらえられそうである。

このように、お株をとられる逸話のおもしろさは、本来なら事柄を評価する立場にあるはずの人が、かえって評価されてしまうところにある。そのタイプの逸話で、特に有名なものに一〇話「秦兼久《かねひさ》、通俊《みちとし》卿の許《もと》に向ひて悪口の事」がある。

藤原通俊卿が『後拾遺和歌集』を編纂される時、入集を求めて秦兼久（正しくはその父兼方か）が通俊邸を訪ねた。後三条院の没後、院発願の円宗寺に参ったところ、桜の花だけは例年通りに咲いているのを詠んだ

こぞ見しに色もかはらず咲きにけり花こそ物は思はざりけれ

を見せたところ、「悪くはないが、助動詞『けり』が複数出て来るのは感心しないし、『花こそ』という言い回しは女の童の名前のようでおかしい」と言って、通俊はほめなかった。

兼久は言葉少なに退出すると、侍たちの詰め所に行き「こちらの殿様は和歌について分かっておられない。こんな程度の方が勅撰和歌集の撰者を仰せつかるとは。四条大納言公《きん》任《とう》卿の歌に

春来てぞ人も問ひける山里は花こそやどのあるじなりけれ

とお詠みになった、あの歌にも「けり」が複数回出て来るし、「花こそ」という言葉も使われている。なぜ公任卿の歌はすばらしく兼久のが悪いのか。こんな方が撰者になるとはあきれたことだ」と言い放って出て行った。

侍がその旨、主の通俊に伝えると「そうであった、そうであった。もう何も言うな」と言った。

『後拾遺和歌集』の撰者が白河天皇の側近である若い通俊になったことは、実際に何かと物議をかもし、源経信《つねのぶ》が論難書『難《なん》後拾遺』を著したりもした。そうした風評の方向性と合致する結論ではあるのだが、ともあれ勅撰和歌集の編者で、白河天皇の君側の臣であった通俊が、随身クラスだったらしい兼久に、厳しく切り返されてしまうところがおもしろい話である。

相手が歌人として有名でなかったことが、通俊に不用意な批評をさせたわけだが、兼久の言葉があまりに見事すぎるし、職員詰め所で耳の痛いことを大声で言い放って帰っていくのが、物忌事件の以長そっくりなので、兼久も初めから準備して乗り込んできたのかと思われるほどである。

この説話の通俊の失敗は、相手を見くびったことと、歌の巧拙を用語の次元で、変に具体的に指摘しようとしたところにあったわけだが、兼久に言われた後、例えば「用語一つ一つというより、全体の言葉続きがこなれていないのだがなあ」などとぼやかずに、「そうだそうだ」と打ち切って、あっさり負けているところはさすがである。

なお、この「こぞ見しに」の歌は、源経信息俊頼《としより》が撰者となった次の勅撰和歌集『金葉《きんよう》和歌集』には入集している（ただし作者名は兼久の父、左近府生秦兼方である）。

評価を与えるもの　――神仏

ここで、説話において、「立派だ」「よくやった」「さすがだ」「もうこの辺でよい」などと判断し評価を下す役は、大抵誰がつとめるものなのか、確認しておこう。

まずは神仏による例から見たい。

例えば四四話では地蔵菩薩が、日頃罪深いことばかりしていた多田《ただ》満仲の郎等のささやかな善行を見逃さないし、Ⅱでとりあげた八六話の清水寺の観音は、博打の形《かた》に二千度詣の実績を譲り受けたい旨、真剣に祈っている侍の言葉を聞き逃さず、それぞれ地獄から助けたり、幸運を授けたりしてくれる。

一方、同じく八六話で、「こんなもので借金が棒引きになるとはありがたい」と内心ほくそえんでいた負け侍には不運がもたらされるし、八五話で留志長者《るし》が放言したのを帝釈天は聞き逃さず、さっそく罰をあてにいらっしゃる。

面白いタイプとして、四五話では、当初の発願者の肩代わりをして地蔵像を完成させてくれた下級法師に、地蔵像自身が恩返しししている。

いずれも、人間の善行や悪行・不遜な言行を仏様がよく見ていらして、それに善悪それぞれの報いを与えた、神仏からの評価の説話ととらえることができる。

王侯貴族

俗世で評価を与える役をするのは、上は王侯、下は身近な上役まで、さまざまである。典型的な例を挙げると、四九話で小野篁の学才を愛しつつ、彼を試し、その結果に満足して許す嵯峨天皇、六六話で源義家に提出させた弓がさっそく魔物を撃退した、と感心する白河院、一九一話で極楽寺の僧の祈りの力に讃嘆する堀河太政大臣藤原基経《もとつね》らで、九二話や一七二話では、天竺や唐の王が、五色の鹿の言うことを道理と認めて尊重したり、異国である日本の聖寂昭《じやくしよう》の飛鉢を見て尊い修行者だと礼拝したりしている。

七五話「陪従清仲《べいじゆうきよなか》の事」も、王侯貴族が「評価」を下した話である。

白河院皇女二条の大宮令子内親王のもとに、いつも出入りしていた陪従橘清仲という男がいた。邸の修理のため宮が引っ越した跡地に居残って、建具やらなにやらを、古いものだけでなく、新しくしたものまで火にくべていたので、修造担当からの苦情で、鳥羽院自ら「何か思うところがあるのか。なぜ今も邸跡に籠もっているのか」と事情を聞くと、清仲は「他でもありません。薪がないので燃やしてここで火に当たっているのです」と思いも寄らない返答をした。院はあきれかえって「さっさと追い出せ」と仰ってお笑いになった。

またある年、春日祭の法性寺殿《ほっしょうじどの》藤原忠通の神馬使《じんめづかい》の担当者が欠席し、急遽清仲が務めることになった。「とにかく京都の町中だけでも粗相なく務めよ」と言われたが、見事に春日の社頭まで尋常にふるまったので、お褒めに与った。褒美に馬を頂くと、ころげまわって喜んで「こんなにして頂けるのなら、定使《じょうづかい》なりと毎年させて頂きたい」と調子に乗ってわざとありえないことを言ったので、周囲の者は大笑い、その声を聞いた法性寺殿が「何事か」と仰り、これこれのことを清仲が申しまして、と申し上げると「殊勝な物言いだ」とまた感心された。

前半の鳥羽院にせよ、後半の法性寺殿にせよ、笑われる時も褒められる時も、やんごとない方からじきじきのお言葉を賜るのが一番なのである。

陪従清仲の猿楽言

なお、本話は説明がないと分かりにくい点が複数あるので、少し触れておく。まず前半の逸話冒頭に名が見える二条大宮令子内親王は、雅な気風のサロンの主催者である一方、ユーモラスな猿楽芸の愛好者でもあり、陪従清仲も猿楽芸に秀でていたために二条大宮のもとにお出入りが許されていた（沖本幸子[9]。橘清仲については石田豊論文[7]参照）。

鳥羽院が「まづ、宮もおはしまさぬに、猶こもりゐたるは、なに事によりてさぶらふぞ。子細を申せ」と問うたのに対する清仲の答え、「別の事に候はず。たき木につきて候也」を、『新日本古典文学大系　宇治拾遺物語』が「薪に祗候している」（宮がいなくなった後は、薪にお仕えしているのです）の意に解釈して以降、この説が優勢なように感じられるが、わたくしはそれまでの諸注の「薪が尽きてしまった」の解釈が適切ではないかと思う。「かつては宮につき、今は薪につき」のような言葉遊びを響かせているにしても、薪には「付いて」いるのではなく

「尽きて」いるのではないだろうか。

細かく言うと、薪は邸跡に積まれていて、清仲がそれにお付きしていたのではなく、清仲が勝手に作り出し、火を付けて暖まって（暖まるパフォーマンスをして）いるのである。なぜ薪を作り出したのかと言えば、薪（代）がないからであり、邸跡には薪の材料になる新旧の建材があるためここに籠もっていたという理屈である。

よって「なぜここに籠もっているのか」の答えとしては、本当は「薪にお仕えしているから」では言葉足らずで、「私には薪（代）がないが、ここには豊富に薪の材料があるから」が、そもそもの理由を説明した、充分な答えである。

したがってここは、例えば「兵糧《ひやうらう》につまりて」（『太平記』三八）のように、薪がなくなって、の意と解するべきではないだろうか。

例えば『明月記』建保元年（一二一三）四月二二日条に記されている有名な逸話だが、元久二年（一二〇五）の朝覲行幸（天皇が上皇を表敬訪問する）の際、鳥足（モモ焼きの類）が供されたが、恒例の役得で、陪膳《ばいぜん》係が鳥足をもらっただけなのに、事情を呑み込んでいなかった藤原家宣が、数が足りないというので「鳥足候はざる、如何《いかん》」と公卿たちのところに捜索に来た。それで藤原長兼が「鳥足はほしう候ひつればたべ候ひぬ」――鳥足はほしかったので私が食べました（が何か問題でも?）」とからかって答えたので、居合わせた人々は大笑いした、という逸話がある（池上洵一）。[6]状況は勿論異なるが、七五話の清仲の「薪に困ってくべています（が何か問題でも?）」もこれと似た種類の、相手が善悪について問えないよう先手をとって開き直ってしまう「にべもない答え」である。

後半の逸話で清仲が務めたのは、春日祭に藤氏長者忠通が奉る神馬《じんめ》の使で、それは「摂関家春日祭神馬使を立つる事。藤氏五位を以て使と為す」（『師光《もろみつ》年中行事』）とあるように、本来藤原氏の五位が務めるのが常だった。ちなみに清仲ら陪従は日頃馬に乗る職掌なので、乗馬自体は得意とするところだったと考えられる。春日祭は藤原氏の結束を内外にアピールする場であり、藤原氏と他氏は峻別され、藤原氏以外の人々は「異姓使」「不氏人者」（『江家次第《ごうしだい》』五）と見なされた。そうした中、「他氏」の橘氏である清仲が「定使」（「定役」と同様の語で、いつもその使いの役を勤める、の意だろう）になりたいものだ、と言ったのである。ちなみに平安時代後期には、この長者殿神馬使を、勧修寺という藤原氏の中の一門が常々務め、いわば「定役」としていたのである（『玉葉《ぎょくよう》』文治三年〈一一八七〉二月一一日）。

忠通が「よくぞ申した」と清仲を褒めたのは、「この定《ちやう》」（このように）と「定《ちやう》使」の言葉遊びの軽妙さに感心したのではなく、他氏である橘氏でありながら、藤原氏の儀式に毎年尽くしたい、という殊勝な物言いに対してであったと考えられる。実際、他氏の者までが毎年仕えたくなるほどの今日の祭りのありがたさ、とは猿楽という芸能者の繰り出す、晴れの日の「祝言《しゅうげん》」としてまさにふさわしいと言えるだろう。

このように七五話は、鳥羽院もあきれるようなパフォーマンスを行い、また大げさな物言いで晴れの日を言祝《ことほ》いだ清仲が、鳥羽院と忠通から「すみやかに追いだせ」「いみじう申たり」とお言葉を賜り、いわゆる「猿楽者《さるごうもの》」（人を笑わせめでたい席を言祝ぐ人）として見事な手並みを評価された話であった。

社会的身分もさることながら、自分にとって大切な、身近な人から評価された説話もある。八一話の小式部内侍や一一一話の老郡司は、名歌を詠んで、それぞれ恋人の藤原教通《のりみち》や大隅守の心を打ったり、赦免を実現してもらったりしている。

和歌の力で幸せになったり、難を逃れたりする説話を「歌徳《かとく》説話」と呼ぶことがある。神様に感心されるタイプの説話も多く、やはりこれらの説話で評価する立場なのは、神仏や高位高官の人、自分の人生を左右する人である。

第一人者

折角コメントしてもらうなら、そのことの価値の分かる人にお願いしたいものである。

例えば藤原保昌《やすまさ》のもの凄い迫力は、それを実感した大盗賊袴垂《はかまだれ》に証言してもらいたいし（二八話）、大学寮の学生の中に怖ろしく力の強い者がいた、ということは、相撲人成村《なりむら》に言ってもらいたい（三一話）。清水坂に変化の者かと思うような仏法に詳しい乞食がいたということは智海法印に体験して欲しいし（六五話）、ままきという弓射に耽溺していた奇人門部府生《かどべのふしょう》の腕前は、海賊が逃げ去ることで明らかになる（一八九話）。

また、本人が第一人者なので、自分で自分を評価してしまう場合もある。

例えば六八話の実因僧都は亡くなった後も琵琶湖の中から声を出し、現役の僧侶と法文を論じ合うが、時々間違えるので「そこは違います」と指摘されると「私だからこそ、生まれ変わってもここまで言えるのだ」と言っている。

また八〇話の仲胤《ちゅういん》僧都は、知り合いが「今日聞いてきた説法の文句がすばらしかった」と語ったのを聞き、「それは私がかつて行った説経を剽窃したもの（パクリ）だ。こういうのを犬の糞説経というのだ」と、剽窃された仲胤本人が解説している。なお「犬の糞」云々は、何でも食べる犬のように、何でも人の創造をパクる安っぽい人間に対する比喩なのだが、「説経」にも「犬の…」が修飾語としてかかるので、説経までもが汚くなってしまうような言い方を、僧侶がしているところが豪快である。

入れ替わる立場

先ほど見た通俊と兼久のやりとりのように、軽い気持ちで評価したら、とんでもない評価を返されてしまう話がある。芥川の「鼻」のモデル『今昔物語集』二八ノ二〇話と同文的同話である『宇治拾遺物語』二五話では、「なかなか上手い」「お前のようなうつけ者」などと、禅珍内供《ないぐ》が一方的に部下たちを評価する立場だったはずが、もはや自分の珍妙さ加減に無神経になっている禅珍は、最後には代役の鼻もたげの童子に「おかしな心を持った私とおかしな鼻を持ったあなた」と論評され、周囲の弟子達は大笑いして逃げ散っていく。

このように、評価する側とされる側がいつの間にか入れ替わってしまう笑い話も『宇治拾遺物語』には多く、例えば無礼なふるまいに風流な和歌で応じた女房をさんざんののしり、いい気になってそれを主人の前で言った「さた」は追放され（九三話）、染殿后《そめどののきさき》の病を見事祈禱で治した相応和尚は、褒美を与えようとする朝廷に対し「京は人の心をいやしくする土地だ」

と言って都を軽蔑し、二度と参上しなかった（一九三話）。

このように、『宇治拾遺物語』、ひいては説話文学の笑話には、評価する者とされる者が入れ替わる、というタイプのものが頻繁に見られることが分かる。

評価する人の選択

評価する人を選び取った説話もある。例えば一九四話「仁戒上人往生《にんかいしやうにん》の事」。

興福寺に、学識に秀でた仁戒という僧がいた。急に本当の仏道心がおこって、寺を出ようとしたが、別当僧都《そうず》は惜しんで許さない。仕方なく仁戒は、近くの里の女を妻として通い、自分がどうにもならない者なのだと世間に知らせようと、家の門前で、女の頸に抱きつく姿で立っていたりした。実際には全く女に近づくことなく、道心堅固にしていたのだが、それを聞きつけた別当僧都は、いよいよ仁戒の精神を貴んで呼び返すので、困った仁戒は、葛下郡の郡司の聟になり、表向きは俗人風に過ごしていた。

仁戒の心根を見て取った添下郡の郡司が、夫婦で仁戒を非常に貴み、衣食や風呂の世話などをした。仁戒が「なぜ私にかまうのか」と尋ねると「ただ尊いと思うのでお世話しているだけです。ところで一つお願いがある。臨終に立ち会わせて頂きたいのです」というので、仁戒は「おやすい御用だ」と答えた。

何年か過ぎて、雪の降る冬の夕方に、仁戒が郡司の家にやって来た。いつものように郡司夫婦自ら料理を作り、風呂に入れた。翌朝、よい香りがするので、名香など焚いていらっしゃるのかと思ったが、なかなか起きて来ないので、様子を見に行くと、仁戒は西に向かい端座合掌《たんざがっしょう》して亡くなっていた。郡司は「臨終に立ち会いたい、とかねて申し上げていたので、こうして出向いて下さったのだ」と言って、葬儀や何やのことも取り仕切った。

当時、極楽往生者が出ると、紫色の雲がたなびいたり、どこからともなく妙なる音楽が聞こえてきたり、よい香りがしてきたり、といった「奇瑞」が起こるとされていた。仁戒は極楽世界に迎えられたのである。

仁戒は、いくら別当僧都に評価されてもそれを拒み、世間からの評価も拒み、添下郡の郡司の評価だけを受け入れる。そして、自分が極楽往生を遂げる場面に立ち会わせる。Ⅲで繰り返し述べたが、まさに「奇跡の体験」をさせたわけである。

Ⅱのわらしべ長者説話で言及したように、当時は死のケガレを非常に怖れ、嫌ったので、わざわざ人の家に来て亡くなる、というのも、ケガレの出前のようなところがある。しかし、信心深い郡司は仁戒の思いを汲み、煩わしがることもなく葬儀の手配もした。煩いが生じることに仁戒が気づかないわけではなく、そういう手数がかかっても、この奇跡に立ち会えることの価値を思って、自ら郡司の家を往生の場所に選んだのである。

なげやりな根拠

一方、同じ奇行の人でも、七三話「範久阿闍梨《あじゃり》、西方を後ろにせざる事」の場合、編者の見方は少し異なるようである。

比叡山楞厳院《りょうごんいん》の範久はひたすら極楽往生を願い、行住坐臥、阿弥陀の浄土のある西方《さいほう》におしりを向けなかった。唾を吐くことも、トイレも西向きにはしなかった。夕陽を背中にせず、西坂本から上がって来る時など、かに歩きで登った。いつも「植木は必ず日頃傾いている方に倒れる。常に心を西方に傾けていたら、どうして志を遂げられないことがあろうか。臨終正念を遂げられると信じている」と言っていた。

（その甲斐あって往生を遂げ、）往生伝に記されているということだ。

当時、極楽往生は奇跡と考えられていた。往生に固執して、『往生要集』の文言そのものを実践する奇人まがいの行動をしながら、阿闍梨は奇跡を遂げたのだが、今回、範久の評価は往生伝の存在のみに委ねられている。特異な振舞の果てに往生を遂げた、という点では、先ほどの仁戒と似ているが、その奇跡に立ち会ったり、皆を代表して評価したりする人は登場せず、話末に「往生伝に入たりとか」と記すだけで、評価に代えている。

往生や宗教にまつわる説話は、読者に予測のつく一種ありふれた結末であっても、結局どうだったのかしっかり語ってくれないと収まらない性質のものが多い。そうした機微を、『宇治拾遺物語』の編者は当然分かっており、「今さら申べき事ならねど、観音をたのみ奉んに、そのしるしなしといふ事はあるまじき事也」（八七話）などと語っているほどである。

また文末で往生伝類に記されていることに言及している点では「日本法花験記《ほつけげんき》に見えたるとなん」で結ぶ八三話「広貴《ひろたか》、妻の訴へに依り炎魔宮へ召さるる事」も同じだが、八三話では、地蔵菩薩のお導きで蘇生した広貴が、早速炎魔王すなわち地蔵の言葉に従ったとして、この評語の前で既に物語は完成している。

仁戒の場合と比べると、やはりこの七三話の範久阿闍梨に対する扱いは、何やら力が抜けて投げやりに見える。心に西方極楽浄土を願うためとはいえ、西という方角を重んずることだけに心血を注いでいた範久に、『宇治拾遺物語』編者が若干あきれている感じが滲んでいるようである。

評価の不条理

また「評価」というもののあやにくさ自体をテーマにしていると思われる話もある。一四三話「僧賀上人《そうがしやうにん》、三条宮に参り振舞《ふるまひ》の事」である。

多武峯《とうのみね》に僧賀上人という、名利を嫌い、俗世を離れ、わざと「物狂はしく」している貴い僧がいた。このいかれたふりは、偽善ならぬ偽悪（益田勝実[27]）の行為で、先ほどの仁戒が、自分への評価をわざと下げようとしたのと同種のふるまいである。それは、俗世の評価を断ち切って、道心堅固に修行するためでもあり、また世評の高まりに自分が慢心することを戒めるためでもあった。

一四三話は、僧賀による偽悪の極端なパフォーマンスを描いている。

三条の大后宮の出家の戒師を珍しく引き受けた僧賀は、出家の作法の後、「私が巨根だと思ってお召しになったのか」と放言したあと、下痢気味だと言ってはばからずトイレをつかまつる有様。若い殿上人たちは大笑いし、僧たちは「こんないかれた者をお召しになるから」と批判する。にもかかわらず、「それにつけても」僧賀が貴いという評判はいよいよ高まっていった。

僧賀の貴さ、というのは、説話世界で広く知られたことなのだが、それにしても、予備知識なく、この説話だけ読んで僧賀を貴いと感じるのは相当無理で、現に周囲の貴族や僧たちは笑ったり爪弾きしたりしている。それなのになぜ、世間からは貴ばれるという事態になってしまうのか、文中何の説明もない。いかに権威をものともしない姿勢を示すといっても、人が仏道に入ろうとする神聖な席で、この行為はいただけない。

もはや偽悪によって真の仏道心を保とうとする僧賀の戦略を描いているというよりは、何をやっても結局は貴いとしかとらえられない、僧賀をとりまく不可思議な状況自体がテーマになっているようである。

周囲の人々の評価とは全く関係なく、世間の声望は、ただただ高まっていく——偉いことを偉いと言われるのが嫌で偽悪をしているのに、偉くないことさえ偉いと言われてしまう——ある意味で、僧賀が最も望まないような事態にはまりこんでいったわけである。

評価というものが一人歩きし、一方、それこそ帽子の翁が孔子に言った言葉ではないが、影から離れよう離れようと日なたを走っているようなあがめられる側の有様を、『宇治拾遺物語』編者は、ままらならないこと、として描いているものと思われる。

無理な根拠

さて、先ほどの七三話の範久阿闍梨の説話の末尾には、往生伝という一種の権威を持ち出して、阿闍梨の消息を伝えていたが、コメントしにくいエピソードだ、ということを読者に伝えようとして、『宇治拾遺物語』は、意識的にこの種の権威を持ち出す場合があるようである。

例えば冒頭一話。有名な道命阿闍梨《どうみようあじやり》の説話を見てみよう。

読経の名手道命が、歌人和泉式部と密会し、夜中に目覚めて法華経を読んでいると、夢うつつに「五条西洞院《にしのとういん》の翁」と名乗るおじいさん姿の五条の道祖神がやって来て、「あなた様の読経がすばらしいので、いつもは、あなたが読経されると、梵天帝釈《ぼんてんたいしやく》以下諸天が集って聴聞されている。私など末輩の者には席もない。しかし、今日は行水されずに読経されたので、梵天帝釈以下は（汚らわしいと）お見えにならず、お蔭で私は長年の宿願がかなって、あなたの読経を聞くことができた。これは何度生まれ変わっても忘れられないほどの感激だ」と言われた。

そうしてみると、ちょっとした時にも身は清めて読経はすべきだ。何分、かの恵心《えしん》僧都源信様も「念仏、読経は戒律を守って行え」と戒めておられるくらいだから。

道祖神は、非常に庶民的な、神仏の中ではとても位の低い存在だったのだが、その道祖神から道命は、思わぬ情報をもたらされた上、御礼を言われた、というのがこの説話である。自分が読経すると梵天帝釈までも聴聞に来るとはまことにありがたい、尊いことである。そして「私も今日は宿願を果たせた」と仮にも神様である道祖神から感激されている。ここまでは、宗教者として高く評価された、道命にとって名誉な内容である。

しかし、その後の話、いつも神仏は道命の様子を見ていて、今晩などは和泉式部と……ということであるから、道命は恐縮するやら面映ゆいやら、という気分だっただろう。

結局この説話は、どうコメントをつけようかとなると、われわれも困ってしまう内容の話で、『宇治拾遺物語』の編者も「やっぱり清らかでなければならないということだ」と無理な結論に持って行く。

確かに念仏、読経は戒律を守って行うべきだろうが、汚れた身で読経しなければ、道命は道祖神の話を聞くこともなかったのである。この道命の説話の結論がお清めのススメなのだ、と簡単に割り切れないことを、『宇治拾遺物語』の編者は当然分かっているのである。その上で、『往生要集』の編者恵心僧都源信などという権威を持ち出してきて、強引に話を終える。

このように、『宇治拾遺物語』は時々、妙な根拠を示してオチをつけ、語り終える場合がある。

きのこの説話

一方、変にリアルなコメントが人々に示されたのが次の二話である。

丹波国篠村（現京都府亀岡市）には、毎年夥しい量の平茸《ひらたけ》が生え、村人は自分たち用にも、贈答用にも使っていた。ある年、村の中心人物が妙な夢を見た。髪が少し生えている法師たち二、三十人がやって来て「長年この地でお仕えして来たが、その縁が尽きたので引っ越すことになりました」と別れの挨拶に来たという。目覚めて周囲に語ると、同じような夢を見た人がたくさんいることが分かった。

翌年、九月、一〇月頃になっても、例年と違い平茸は全く生えなかった。村人が変だと思って過ごしていたところ、この話を聞いた説法の名手仲胤《ちゅういん》僧都が「不浄な身で説法した法師が平茸に生まれるという故事があるが」と仰った。

このような次第で、「平茸は、なんとしても食べないと困るものではない（のだからやめておこう）」と人々は語り合ったとか。

俗人はもちろん、動物性タンパク質をとることのできない僧侶にとっても、きのこは馴染み深いごちそうであった。『今昔物語集』のきのこをめぐる説話を見ると、当時の僧ときのこは、話の上で一種の付け合いであったことが分かる（小峯和明[16]）。

また、受領《ずりょう》（地方に赴任する官吏）の藤原陳忠《のぶただ》が、谷底に落ちて九死に一生状態で救出される際、崖に生えている平茸をみすみす取らずに上がるのが惜しくて、まずは籠いっぱい平茸を引き上げさせてから救出された、という話（『今昔物語集』二八ノ三八）は、受領の強欲さを示す説話として有名だが、それだけ平茸は価値のあるきのこで、今でいえば松茸のようなものだったのだろう。

しかし平茸は、毒きのこと外見が似ていて、そのため中毒死する人がいたり（『今昔物語集』二八ノ一七）、平茸と偽って猛毒を持つきのこ「ワタリ」を食べさせ、邪魔な上役僧を抹殺しようとしたところ、ワタリに全く当たらない体質の上役だったために思わぬ結末を迎える（同二八ノ一八）などという説話もある。

であるから、平茸は毒きのこと見分けがつきにくく、危険と背中合わせの美味であり、安全第一なら食べない方がよいきのこだったと知られる。『宇治拾遺物語』の末尾の評語は、そのことが下敷きになっているのである。

仲胤僧都は説経の名手だが、先に出て来た「犬の糞説経」の御仁でもあり、また一八二話「仲胤僧都連歌の事」などの説話からも、ユーモアたっぷり、虚々実々の話し手であったことが分かる。その仲胤の言うことなので、不浄な身で説法した僧侶が、死んだ後きのこに生まれかわる、などという話が、本当に経典その他にあるのか、失礼ながら若干不安になるところである。しかし少なくとも、一一世紀中国で編纂され、後に日本にももたらされた『景徳伝燈録』という禅宗系の書籍に類話が見られるので、仲胤がずばりこの書を念頭においたかどうかは別として、多分真面目に「そういう話を聞いたことはある」とコメントしたのだろうと想像される。

ありすぎる信憑性

それにしても、一話の恵心僧都源信の言葉は、真理でありながら説話自体とずれがあり、二話の仲胤僧都の言葉は、思いついたから口にした、程度のことでありながら、関係者に大変な心理的効果をもたらしたことだろう。何分、もし仲胤僧都の言った通りだとすると、長年自分たちはお寺さんを煮炊きしては食べていた、ということになるわけだから。

なお、僧侶のつるつる頭と男根とは強い連想関係にあり（『笑府』など参照）、時に男根の形で祀られる一話の道祖神（小島孝之[12]）とは「道祖神↓男根形↓僧侶の頭」というおかしな連想の鎖でつながっている。男根はまたきのこと類縁関係にあり、『宇治拾遺物語』の中でもイリュージョンによって男根をとられた男たちは、松茸のようなものを返される（一〇六話）。

二話の夢に出て来た僧たちは少し髪が生えたおっつかみの状態であった。髪が伸びてしまわないよう、まめに手入れするのが立派な僧侶なのだが、気持ちが入らないと、面倒くさくて髪を伸ばしたままにしてしまうのである。たしかに、指でつかめるような数ミリから数センチの髪が生えたその頭は、平茸（現在のしめじと考えられている）の褐色の傘とよく似ている。

『宇治拾遺物語』の一話と二話は、さすが冒頭部分というべきか、様々な凝った対応関係にあるのだが、その一つが「道祖神→男根形→僧侶の頭→きのこ」といったおかしな図像と考えられるのである。

さて、仲胤の言葉を聞いた村の人々は、直感的に事の核心を突かれた気持ちになったことだろう。そして、日頃は「当たるといけないから、平茸は注意して食べないといけないよ」などという、年長者たちの戒めなど小馬鹿にしていたような人でも、「確かに食べないと生きていけないわけではないから、この際やめておきましょう、平茸は」という感想も出てこようというものである。

手抜きのあきれ半分のようなコメントがあるかと思うと、もはや論拠も示されなかったり、ぴたりとあてはまらない権威者の言葉をとってつけたように持ち出すかと思うと、軽く口にしただけなのに甚大な効果を周りにもたらす感想が記されたり……。

これらは『宇治拾遺物語』一流の、巧みでとぼけた「手法」ととらえてよいだろう。

笑う群衆

さてこのように、説話には何らかの評価を下す存在が配置されていることが多く、その役は、神仏・王侯貴族などの超越的な立場のもの、あるいはそれぞれの分野の専門家や第一人者といった存在が務めていることを確認してきた。

この基本的な枠組みをずらしていくと、各種の笑いが生じるわけだが、この分野の第一人者やその代わりになる人は誰、と決めにくいジャンルもあり、そんなとき、通りがかりの人や、民衆が立会人になることがある。

『宇治拾遺物語』には、「笑う群衆」が印象的に登場し、一同にわっと大笑いしてどよめく説話が何話も見られる。

例えば、額に陀羅尼《だらに》という呪文（を書いた紙か札）をこめたと称して、額の傷を見せ、寄付を乞う山伏が、実は鋳物師《いもじ》の妻と密会しているところを亭主に見つかり、鍬で叩かれて頭に怪我をした痕なのだと、一七、八歳の小侍にすっぱぬかれる。しかし山伏はあわてることなく「怪我したついでにこめたのです」と言う五話。あるいは「煩悩の源である男根を切りました」と平らな股を見せて寄付を乞い、すぐにからくりがばれてしまう六話。また干鮭《からざけ》を運んでいる馬の荷から、鮭を二つ抜き取り、着ている着物の中に隠し持っているのを荷主に糾弾されると、きわどいジョークで切り返す大童子の話（一五話）などがそれである。

『宇治拾遺物語』の笑いについて、例えば「笑いが外へひろがればひろがるほど、笑われる人物はますます疎外され、内部は空洞化し、反転する仕組み」があり「その反転によっていっつしか笑うものが笑われる逆転につながる」とされる（小峯和明）[17]。小峯氏の言われる「反転」とあるいは重なる部分があるかも知れないが、このような笑う群衆は、先ほどから見て来た説話の枠組みに照らすと、神仏や王侯貴族の代わりを果たしているのだ、ということに注意したい。

彼ら群衆は、事件の目撃者であり、その笑いには「まぬけな話だ」「よくぞここまでやった」「いくらなんでもどうかと思う」というような「評価」がこめられている。

民衆の声は天の声、という発想が古代以来あるが、天が民衆を通して為政者に連絡してくる、という意味ではなく、説話の約束事、という回路から見てみると、彼ら群衆が、実は神仏や王に代わってその役目を果たしているのだ、ということが分かる。

説話表現の約束事を踏まえると、「笑う群衆」はこのように位置付けられる。その瞬間、無名の彼らは、神仏や王の如く説話世界の主催者になっているのである。

V

差出人の分からぬ知らせ

——思わぬ時から運命は——

〈夢説話〉

夢は判じがら

「本章の一話」は、一六五話「夢買ふ人の事」である。

備中国の郡司の子、ひきのまき人は、若い頃、見た夢を合わせに夢解きのところに行き、自分の夢を合わせたのち、しばらく世間話をしていると、国司の若君一行がやって来た。然るべき容貌の十七、八歳のその若君が入って行った部屋を、まき人は奥の部屋の穴からのぞいて見た。夢解きの女が「すばらしい夢です。必ず大臣になられます。本当にすばらしい。決して人に話しなさいますな」と言ったので、若君は嬉しそうにして、着ていた着物を夢解きに与えて帰った。

まき人は、夢解きの女に「夢はとることができると聞いたことがある。この若君の夢を私に取らせておくれ。国司は任期の四年が過ぎれば都へ帰っていくが、私は土地の人間だから長くこの地にいる上に、郡司の子なのであるから、私をこそ大切に思うべきだ」と頼むと、夢解きは「仰せの通りにいたしましょう。では、先ほどの若君と同じように部屋に入り、語られた夢を、全く同じように私に語りなさいませ」と言ったので、まき人は喜んで、若君と同じように部屋に入り、語り、女も同じように応対した。まき人も嬉しく思って、着ていた着物を夢解きに与えて帰った。

それから後、まき人は漢籍を学べばめざましく理解し、学識豊かな人になった。朝廷に召し出されて試験を受けると、非常にすぐれていたので、「よく学んで来るように」と唐土に派遣され、長く唐土にいて、いろいろなものを日本に伝えたので、天皇は逸材だとお思いになり、まき人をどんどん昇進させて大臣にまでなさった。

このように、夢をとるということは本当におそるべきことである。夢をとられた備中守の若君は、結局官職にもつかずに終わってしまった。夢をとられなかったら、大臣にまでもなったであろうに。だから、夢は人に聞かすまいものだ、と語り伝えられた。

経歴から考えて「ひきのまき人」は、地方豪族出身の父を持ち、遣唐留学生に選ばれ、春宮時代にその学士を務めた孝謙＝称徳女帝に重用され、正二位右大臣に至った吉備真備《きびのまきび》（六九五～七七五）と考えられる。

古代以来、見た夢がどのようなメッセージなのか解読する「夢解き」「夢合わせ」という職業があった。専門の勉強をしたセンスのよい人でないと「結果」が読み解けないところは、現代のわれわれに身近なもので言うと占い、あるいは画像やデータ全般の解析に似ている。「夢は判じがら」という言葉があるように、いい夢を見ることも大事だが、それをどう扱うかはそれ以上に重要なのである。有名なところでは、例えば藤原兼家《かねいえ》の時代には優秀な夢解きと、将来を予見できる巫女《みこ》がいた、という説話が『大鏡』に見えており、一見兼家にとって不吉な夢に思えるものが、実はこの上ない吉夢である、と解いた夢解きの腕の確かさが記されている。

悪かった夢解き

また『大鏡』で昔語りをする大宅世継《おおやけのよつぎ》は、兼家の父師輔《もろすけ》が、若い時分に「朱雀《すざく》門の前に、左右の足を西東の大宮に置き、北向きに皇居を抱いて立つ」という大変な夢を見たのに、それを口にした時、そばにいた女房が「どんなに股が痛くていらっしゃいましたろう」とつまらない感想をもらしたために、夢の予言が外れて、子孫はすばらしかったが本人は摂政関白になれなかったのだ、として、「すばらしい夢も、よくない夢解きをすれば成就しない、と昔から申します。つまらないことをして、心根の分からない人間の前で夢を話してはいけません」と聴衆に忠告している。

この師輔ばりのスケールの大きい夢を見たのが『宇治拾遺物語』四話「伴《ばん》大納言の事」の伴善男《とものよしお》である。

佐渡国の郡司の従者だった当時の善男が、都の東寺と西寺をまたにかけて立っている夢を見たと妻に語り、妻が「あなたの股が裂けるところだったわね」と解いた。郡司は人相を見る力があり、その日善男が出勤すると「お前はすばらしい夢を見たのに、つまらない人間に語った。きっと高い位に昇るだろうが、事件が起こって罪を受けるだろう」と言ったが、果たしてそのようになった。

「ゆめまぼろし」という言葉があるように、夢の中で見たことは、形をなさないぼんやりしたものにすぎない。それに言葉が与えられることによって、夢は形をなすわけである。夢は見た後が大切であることがよく分かる。

夢を見る人

先ほど、兼家にとって不吉と思われる夢が、実はこの上ない吉夢だった、という逸話に触れたが、実はこの夢、兼家本人が見たものではなく、他の人が見たのを、内々に兼家に知らせてくれたものであった。

現在でも、親しい年配の方などが「あなたについて気になる夢を見たが、変わりないか」といって連絡してくれることがあるが、それと少し似ている。

例えば『蜻蛉日記』下（天禄三年〈九七二〉二月一七日）には次のような挿話が記されている。

作者藤原道綱《みちつな》母（兼家室）のもとに、石山詣で知り合った法師から、「先日、あなた様が袖に月日をお受けになり、月を足の下に踏み、太陽を胸にあててお抱きになる姿を夢に見ました。どうぞ夢解きに解かせて下さい」と連絡して来た。夢合わせをする人が来た時に、他人に関する夢ということにして尋ねたところ「朝廷を思いのままにし、願った通りの政治を行える夢だ」と解いたので、道綱母は「夢合わせの方ではなく、言ってよこした僧が疑わしい」といってそれきりにした。

このように、夢は当事者そのものが見るとは限らないこと、夢解き・夢合わせと呼ばれる職業の人がいて、そういう人はちょくちょく出張して来てくれたらしいことが分かる。

夢をとる

人の夢をとって成功した人の中では、この「まき人」と、源頼朝の室北条政子が特に有名である。政子は妹が見た夢の中身を聞き、大変な夢だと直感して、「それはよくない夢だから、私が代わって引き受けてあげよう」と言葉巧みに妹から夢をとり、後に天下人の妻になったというのである（『曽我物語』二）。

まき人の説話に戻ると、現代人の感覚では、人が見た夢を横取りするようなフェアでないことをやって、それこそ寝覚めが悪くないものか、という気がする。しかし、誰かに対価を払えば許されるとでも言うのか、『宇治拾遺物語』はそのことはまるで咎めず、「夢は人に聞かすまいものだ」とコメントしている。

例えば中世の女流日記『たまきはる』にも「夢は人に語れば忌む」と記されている。夢はやたらに語ってはいけない、という戒めが当時あったのであるから、国司の若君は迂闊といえば迂闊なのだろうが、たとえば病院のような所に行って、立ち聞きしている人があるとは普通考えない。単なる不注意で済まされてしまうのも、国司の若君が気の毒な気はする。

Ⅱ・Ⅲで見てきたわらしべ長者や、清水寺の観音に御帳の帷子を三度まで返した女性、普賢菩薩を弓で射てしまう猟師もいたほどであるから、真備の行動も咎められないということなのだろうか。

行動する人々

これも有名な説話だが、応天門《おうてんもん》の変を扱った『宇治拾遺物語』一一四話「伴大納言応天門を焼く事」では、大臣の席をねらう善男が、源信《まこと》を陥れようと自ら応天門に放火し、その罪を信になすりつけようとするがうまくいかない。その上、自分と息子と従者とで応天門に放火して下りてくるところを舎人《とねり》という下っ端役人に目撃されていた。大事件にかかわるまいと黙っていた舎人であったが、善男の家の出納《しゅつのう》に、我が子が足蹴にされたことへの怒りが発端となって、事件を目撃したことを証言せねばならなくなる。最後に善男は逮捕されるが、『宇治拾遺物語』は末尾で善男の心中を「いかにくやしかりけむ」——やらなければよかったとどんなに後悔しただろう、と語り収めている。

現代人の感覚だと、善男のしたことは、やらなければよかった、程度のことではないが、なぜか『宇治拾遺物語』は善男を強く責めない。因果応報的な糾弾のコメントがついても不思議ではない場面であるのにである。

これらの例から見る限り、少なくとも『宇治拾遺物語』には、自ら判断・行動し、実力で道を切り開いていこうとする人々に対して寛容、あるいは応援したい心持ちがあるように見える。

夢の源

現代人にとって、夢は自分の潜在意識の反映で、自分が源だととらえられることが多いようだが、古代以来の人々にとって、夢は他者からの不思議な連絡であった。不思議なだけに、神聖だととらえられることもあったが、何でもかんでもお告げと信じていたわけではなく、取捨選択していた（倉本一宏[11]）。

また、小野小町の「思ひつつ寝ればや人の見えつらん夢と知りせばさめざらましを」の歌を引くまでもなく、好きな人のことを思い続けていたら、とうとう夢に出てきてくれた、というような経験は、当然昔の人にもあっただろうから、他者から一方的に連絡があるのではなく、こちらの意識が通じることがあることも実感していたと思われる。そう強く信じていたことの現れが、寺に籠もって夢の示現を願う、という行為だと考えることもできるだろう。

熱心に祈って、仏様からお告げを頂く――清水寺や長谷寺に籠もって必死に祈っていた女性もわらしべ長者も、このメッセージを求めていたのであった。

そのような、神仏からの託宣《たくせん》・示現《じげん》と呼びうるものも含め、『宇治拾遺物語』には、夢がテーマだと考えられる説話が二十五話ほどあり、夢の発信者は、重複を含め、神仏の類からが十一話、故人からが七話、動植物からが二話、特定できないものが六話ほどある。

夢の説話は様々な角度からの分析が可能だが、発信者が誰であるかに注目して、仮に次のように分けてみる。

①特定の他者からの連絡・回答・予告

一九話「清徳聖、奇特の事」、四六話「伏見修理大夫《しゅりのだいぶ》俊綱の事」、六三話「後朱雀院、丈六の仏作り奉り給ふ事」、六四話「式部大夫実重、賀茂の御正体拝見の事」、八二話「山の横川《よかは》の賀《か》能《のう》地蔵の事」、八八話「賀茂の社より御幣紙米等給ふ事」、九六話「長谷寺参籠の男、利生に預かる事」、一〇一話「信濃国の聖の事」、一〇八話「越前敦賀の女観音助け給ふ事」、一一八話「播磨守の子さだゆふが事」、一二一話「蔵人頓死の事」、一三一話「清水寺の御帳給はる女の事」、一九一話「極楽寺の僧、仁王経の験を施す事」。

これらは、誰からなぜ連絡が来たのか、見た側にはじめから事情が分かる夢である。

他方、二話「丹波国篠村に平茸生ふる事」、五七話「石橋の下の蛇の事」、六七話「永超僧都魚食ふ事」、七〇話「四宮河原地蔵の事」、一六七話「或る唐人、女の羊に生まれたる知らずして殺す事」、一六八話「上出雲寺の別当、父の鯰に成りたるを知りながら殺して食ふ事」などは、先方から一方的に連絡が入るが、後になってそれぞれの発信者や意味が理解される。

②正体不明の誰かに何かを教えられたと考えられるもの

四話「伴大納言の事」、八九話「信濃国筑摩の湯に観音沐浴の事」、九二話「五色の鹿の事」、一〇二話「敏行朝臣の事」、一一二話「大安寺の別当の女に嫁する男夢見る事」、一六五話「夢買ふ人の事」。

これらの夢は、後になっても誰からの知らせか特定できないところに特徴がある。それだけに不思議なメッセージを受け取った人は、なぜこういう連絡が来たのか考えさせられるものばかりである。

活かせた夢・活かせなかった夢

ひきのまき人の説話も属するグループ②の説話について、順に考えてみる。

四話と一六五話は、先ほど見たように、地方出身者とされる伴善男と吉備真備が、中央政界で活躍した、その源を語るような説話であった。

一一二話は、大安寺の別当の娘と交際していた蔵人が、昼寝していた時、家中の人間が泣きながら銅の湯を順に飲まされる怖ろしい夢を見、次は自分の番、というところで目が覚める。するど丁度食べ物の支度をしている音が聞こえてきたので、蔵人は、この家族が寺の物を私用に使っていることを暗示した夢だと感じて、それからは通わなくなった、という話である。

蔵人は誰からとも知れない連絡を、このように活かしたのであった。

一方、折角教えてもらったことを活かさなかったのが一〇二話の藤原敏行である。

字が上手かった敏行は法華経の書写を頼まれて多数手がけていたが、急死する。冥府らしきところに連行され、武装した怖ろしい者たちとすれ違う。『敏行が潔斎もせず汚れた身で法華経を書写したため、写経の功徳《くどく》で極楽に生まれることができず、逆にこんな身に生まれてしまったので、敏行を喚《よ》んで報復したい』とあの者たちが言ったため、寿命ではないがお前を呼んだのだ」と聞かされ、心汚く自分が書写したお経の墨が流れている川などを見ながら、これから受ける怖ろしい拷問について説明を受ける。獄卒《ごくそつ》の助言で、金光明経《こんこうみょうきょう》を書写する願を心に思い浮かべ、それを果たすため、敏行は息を吹き返すことができた。

このことに懲りて、初めは写経に励もうとするが、またも色めかしい心に負けてしまい、寿命が来たのか敏行は本当に亡くなったが、その後、歌人紀友則と三井寺《みいでら》の僧の夢に敏行が現れ、「ひどい苦を受けているので、書きさしの経を完成させて供養してほしい」と言った。その通りにしてやると、二人共「少し楽になった」と敏行が言う夢を見た。

夢は見た後こそ大切なのである。

この夢も先の一一二話の夢も、仏教的な話題だけに、仏の世界から、彼らの知り得ない実態や未来を教えてくれたように感じられる。

天竺の后

九二話「五色《ごしき》の鹿の事」は、溺れているところを助けてもらった恩を忘れ、褒美に目がくらんで恩人である五色の鹿の存在を王に教えた恩知らずの男が、鹿の話を聞いた王の手で罰せられ、以後、鹿狩りはさせない、と王が宣言する話である。慈悲の心があり道理をわきまえた五色の鹿と、恥知らずの人間が対比されており、『今昔物語集』の同文的同話が言うように、まさに「恩を忘るるは人の中《うち》に有り。人を助くるは獣の中に有り」（五ノ一八）を示す説話である。后が夢に五色の鹿を見、「きっと実在するに違いないから捜して私に欲しい」と言われた王が、国中に「五色の鹿を見付けた者に大枚の褒美をやる」とお触れを出したのである。

后にこの夢を見させたものが何なのか、示唆するものは何もない。『今昔物語集』のように、釈迦の本生譚《ほんじょうたん》（過去世の釈迦の物語）であれば、それは仏ということになるのだろうが、『宇治拾遺物語』では仏教色は拭い去られて動物説話化している。

この話の后は、夢の意味について深く考えるのではなく、珍しい宝物（もちろん后は鹿を飼育したいのではなく、五色の毛皮が欲しいのである）についての耳より情報がもたらされたのだと受けとめて、王におねだりしている。

この説話に於ける夢は、男に五色の鹿を裏切らせ、王と五色の鹿を会わせる導きになったものだ、ということだけは確かであり、文中には語られていないが、仏や天など、「道義」を司る超越的存在が、彼らを試したものと推測される。

上野国のばとうぬし

八九話では、信濃国（今の長野県）の筑摩《つくま》の湯という温泉のそばに住む人が、「明日の午《うま》の時

（一一時から一三時）に、観音が、これこれの人相風体で湯を浴びにいらっしゃる」という夢を見る。驚いて近所隣に連絡し、掃除をし、お清めをして皆で観音の到着を待つ。

一三時を回ろうかという頃、夢のお告げ通りの風体の武士が馬に乗ってやって来たので、人々は拝み、額ずいた。僧までが拝むので、東国なまりのその武士が「なぜこんなことをなさる」と聞くと、夢の内容を教えてくれた。「私は狩の落馬で骨折した腕の治療のために来ただけなのに」と言っても、人々はただただ拝むだけ。困った武士は「私は、それではきっと観音なのだろう。では法師になるとしよう」と言ってたちまちに出家した。これを見て人々は泣いて感激した。中に武士を見知っている人がいて「あれ、あなたは上野国（今の群馬県）のばとうぬしではないか」と言ったので、その後この法師を馬頭観音と呼んだ。

法師になり、横川《よかわ》に登って住み、後は土佐国（今の高知県）に行ったということだ。

夢を見た側の人は、夢告通りの人物がその時刻に現れたので、正夢だったのだと思い、みんなひたすら祈ったのだが、祈られるばとうぬしはさっぱり訳が分からない。しかし、みんながこんなに言うのなら、私はきっと観音なのだろう、と思い切り、潔く出家する。

結局ばとうぬしは、他人の見た夢告がきっかけで仏道という真の道に入ったわけだが、正確に言うと予告された内容は、ばとうぬしの出家ではなく、観音が湯浴みに見える、ということである。「生身《しやうじん》の菩薩を拝みたければ誰々を見よ」という典型的なお告げの説話の変形ととらえることができ、出家につながる内容からして、この夢の発信者も、とりあえずは仏と考えてよさそうである。

ばとうぬしの心中には、こんな不思議なことに遭遇するとは、という思いと同時に、これが見ず知らずの他人の夢に示されたことだったので、信憑性を感じた部分があっただろう。ばとうぬし本人に「お前はいついつ出家する」あるいは「お前は観音なのだ」という連絡（予告）が来てもよさそうなものだが、Ⅲで繰り返し見たように、大事なことは、まま遠回りして伝えられるのであった。たしかに今回の場合、本人がそんな夢を見ても、なかなか信じられそうにない。

関係のなさそうな出来事がぴたりと吻合する時、人はそれが単なる偶然でないことを直感できるのである。

善男と真備

以上のように、②に分類される六つの夢説話のうち、八九話「信濃国筑摩の湯に観音沐浴の事」、九二話「五色の鹿の事」、一〇二話「敏行朝臣の事」、一一二話「大安寺の別当の女に嫁する男夢見る事」は、内容から逆算すると、仏やそれに類するものが夢の発信者として想定できるが、それと異なるのが、残る二つ、善男と真備の説話である。

先に見た、藤原兼家の知人や北条政子の妹が見た夢も同じことで「輝かしい未来が待っている」「危難が待ち受けている」と感じられる夢は、宗教がからまない限り、誰からのメッセージなのか推測がつき難い。

八九話以下の四つの説話での夢の発信者が、仮に仏教や道義を司るものならば、この両話の夢の発信者は、運命を司るもの、ということになるだろうか。

とりあえず吉夢に限定して考えてみるが、こういう夢を見ることにはどのような意味があったのだろう。「あなたは運が強いのだよ」と教えてくれるのは一体誰で、なぜそのような連絡をしてくれるのだろうか。

兼家も備中守の若君もそうであったが、自分の将来が明るい、というお告げを受けることはとても嬉しいことである。あるべき未来に向かって自信を持って邁進することができる。夢は未来を予見するものでもあるのと同時に、人にそれを実現させる意欲を起こさせるものでもある。

よい夢を見た、と郡司に言い当てられた善男も、国守の若君の夢を奪い取った真備も、なるべく中央政界に近づけるよう行動し、研鑽しただろう。善男や真備は、夢に牽引されて出世したのである。

また、もともと運が強いのなら、夢を見ようが見まいが栄達したのだろうが、問題はそういう夢を彼らが若い頃見た（あるいは取った）のだ、という説話が語り残されていることの意味である。

善男と真備という、伝承世界では立志伝中の人物がいて、二人は若いころ、夢にまつわる特別な経験をした。やはり偉くなる方は若い頃から非凡なのだ。あるいは、例外的なすばらしい栄達をしたのに、可能性の頂点を極められなかったのは、以前からの約束だったからなのだ――善男や真備は、当時の人々にとって、そういう説話を必要とするような、輝かしく、数奇な存在だったのである。

こういう夢を誰かに授けられるいうこと自体、凡人と違う。二人は天に選ばれていて、偉くなるべく運命づけられていたのだ――。このような発想や心理が、彼らの夢の説話を支持していったものと想像される。

夢買長者

ところで、昔話の世界にも、真備の夢の話に似たものがある。関敬吾『日本昔話大成』[18]の分類でいえば一五八「夢買長者」などは、非常に近い話型だと思われる。その説明に従うと、「夢買長者」譚は次のように展開する。

1、二人が旅に出る。一人が昼寝する。
(a) 蜂（蛾・熊蜂）が飛んで来て、鼻に入って再び飛んで行く、または
(b) 鼻から出て行って再び帰って来て鼻に入る。
2、彼は目をさまし、あるところの木（松・榎・ガジュマル・牛の糞・岩屋）の下に宝物または黄金が埋まっているのを発見した夢を見たと語る。
3、友人はその夢を、
(a) 酒と交換、または

（b）買い取り、
一人で行って宝物（黄金）を掘り出して長者になる。

長者になれた要因は主に三つである。不思議な光景を目撃したこと、あわせて友人の夢語りからこれが正夢だと直感したこと、そしてその夢を買い取って行動したこと、である。どの一つが欠けても彼は長者になれなかった。

これは真備の場合にもよくあてはまる。彼は国司の太郎君と夢解きの女のやりとりを目撃し、この夢は正夢だと直感するや、すぐさまその夢を奪い（買い）とる。

夢買長者譚の場合、本当は、夢見た当人が、自分の見た夢が何だか面白そうだと感じて、その場所を探し出して掘ってみればよかったのだが、寝ている自分の鼻を虫が出入りしていることは知らないので、特別な夢だという徴候を感じられないのであった。

夢見た本人と、虫の出入りを目撃したもう一人の人物、その二人の不思議が合致するところに、これが偶然でないことが明らかになるのであり、別々の出来事が、二つ揃うことで一つの方向性を示す、Ⅲの助けた亀の説話などとも共通している。

夢買長者譚で意外に大切なのは、夢見ている本人には見えない「虫の出入り」だということになり、この宝物の夢が特別なものだと解ける鍵は、夢見た方でない人物（後の長者）にだけ示されていたことになる。

そうしてみると夢買長者譚の夢は、たまたまいい夢を隣の人が見て、棚からぼたもちで後の長者がそれを買い取ったのではなく、むしろ夢見た本人は、ご祈禱の際、霊魂がとりつく「よりまし」のようなもので、隣の人の夢の話と虫の様子から、事の重大性を直感して行動に移せた長者の側こそ中心人物なのだと分かる。

そして、虫の動きが長者にしか見えない以上、この夢の宛先は、見た本人ではなく、より確実にその夢の価値を直感できたであろう長者の方であったと考えられてくるのである。

上緒の主

元々の所有者に価値が分からず、後から目利きがそれに気づいてもらい受ける、という話は、他にも『宇治拾遺物語』に見いだせる。一六一話「上緒《あげを》の主《ぬし》、金《こがね》を得る事」である。

一介の兵衛介《ひょうえのすけ》だった上緒の主が、都のはずれの畠の中にある小家の前を通りかかり、大きな石の上で雨宿りさせてもらうが、手すさみにその石をけずり、金のかたまりであると悟る。持ち主の女は「この辺は昔、長者の家があったところなのだが、この石も庭先にあってどけるにどけられず困っている」というので、自分以外にもこの石に気付く者がいては大変、と上緒主は「では、私がどけてあげる」と言い、人を使ってすぐにその石を運び出させる。上緒の主はさすがに気が咎め、着ていた着物だけは女に与えるが、女は「邪魔な石をただで取りのけてもらった上、着物までもらって」と恐縮する。

上緒の主はこれを元手に、次々と才覚を発揮し、後の西宮殿《にしのみやどの》（源高明の邸）の地をも開鑿してしまうのだが、もとの持ち主に説明をせずに、価値あるものを他人がもらってしまう点で、真備の説話と非常によく似ている。

そして、この上緒の主の話の女は、大きな石（実は金の塊）が邪魔で困っていただけで、その正体を知らず、上緒の主が気付かなければ、今まで通り、この石の価値に誰も気付かずに終わったところだったのかも知れないと思うと、上緒の主の行動は、今日的に見て充分にフェアではないが、むしろ上緒の主の運と才覚が目立つ話のように思う。

成功の隣

さて、夢買長者や上緒の主の話を横に置いてみることで、真備の説話の見え方はどのように変わるだろう。

説明もなく夢をもらい受けたり横取りしたりすることに、概して説話が寛容なのは、夢は見た本人の専有でなかったからかも知れない。大切な一門の将来が、家の総帥以外の夢に伝えられたり、結局その人物の将来が予見される夢を、温泉のそばの住民が見たりすることもあったほどである。

また、夢買長者や上緒の主の説話との類似から考えると、真備の説話の本質も、横取りというより、才覚に重点を置くべきなのかも知れない。

真備はのぞき見の結果「若君はいい夢を見たのだなあ」で終わらず、野心満々、「この夢が自分のものだったら」と勝負に出る。

そして、夢解きの職業倫理を覆させるべく言葉巧みに説得、そして頭のよい彼は、若君と同じ所作、同じ語り口で夢解きに向かって夢を語ることに成功する。単なる濡れ手で粟だったわけではないのである。

また、夢買長者との類似も加えると、若君と同じ時に夢解きの女の所に行き会わせる運命、あるいは丁度雨宿りで長者の邸跡の女の小家に立ち寄る運命、そして大変な財宝のありかを教えてもらう夢を見る人の隣に居合わせる運命に、それぞれの成功者は立っていたことが分かる。真備たちは、本当は他の人にもたらされるはずだった運命を、それぞれの実力で自分のものにしたようにも見えるが、実は、成功の隣に居合わせること自体が、彼らの運命だったのではないだろうか。そう、鍵となる人物の隣に居合わせる時点から、既に運命はめぐり始めているのである。

迷わし神

これに似たスタイルの話は、夢を核とした説話以外にも『宇治拾遺物語』の中に見いだせる。例えば一六三話「俊宣《としのぶ》迷《まどはし》神《がみ》に合ふ事」を見てみよう。

くにの俊宣という男が、三条院の石清水《いわしみず》八幡宮（京都府八幡市）行幸につき従った時、長岡の寺戸（京都府向日市）という所を通ったが、一行は「ここは迷神がいるという辺りだぞ」と言い、俊宣も「私もそう聞いている」と言いながら通った。そろそろ山崎の辺りに着くはずなのにいつまで行っても長岡の辺で、乙訓川《おとくに》のほとり、寺戸、乙訓川のほとり、桂川を渡り、と行ったり来たりしてしまう。

いい加減夕方にもなり、はっと気付くと、周りに誰もいなくなっていた。夜も更け、仕方ないので、寺戸の西のあたりの家の軒先で夜明かしをして、翌朝気付いたのだが、自分の職掌柄、本当は九条まで随行して、そこで行列から抜けるべきだったのに、そもそも寺戸までついて来てしまったのは、九条の時点で、既に迷神がついていたのだ。

俊宣は西京《にしのきょう》の家に帰り着き、後にまさしくこの話を語った。

俊宣自ら言っているように、彼は自覚する以前から、運命に巻き込まれていたのである。この場合の運命は迷神にたぶらかされるということであった。

血のついた卒都婆

また、次のような有名な話もある。三〇話「唐に卒都婆《そとば》に血付く事」である。

唐に大きな山があり、その山頂に大きな卒都婆が立っていた。山の麓の里に住む八十歳ほどの老婆が、日に一度、どんな天候だろうと登山して、一日も欠かさず必ずこの卒都婆を見ていた。周囲の者たちはこのことに気付かなかったが、ある若い男たちが、夏の暑い時分、登山して、卒都婆の所で涼んでいると、腰の曲がったこの老婆が、杖をつきつつ険しい山道を登って来ては、卒都婆の周りをまわっているのに何度か行き会った。不審に思い、ある日「なぜこんなところに度々登ってくるのか」と聞くと、老婆は「自分の家は代々非常に長命な巻なのだが、ご先祖方の言い伝えで、この卒都婆に血がついた時に、この山は崩れて深い海になると言われている。麓にいる自分は、そうなったら一たまりもないので、この七十余年間、毎日卒都婆を確認に来ているのだ」というので、若者たちはばかにしながら、「おお怖い。もしそうなったら、すぐ連絡してくれ」と言い、老婆は「もちろんだ」と言って山を下りて行った。

若者たちは「この婆さんを脅かしてやろう」と思い、ある日、卒都婆に血を塗りつけて下山し、麓の里の者たちに「婆さんがこれこれのことを言っていたので、からかってやろうと血を塗りつけて来てやった。きっと山が崩れるだろうよ」と触れ回り、里の者たちもいかれた婆さんだと笑っていた。

さて、翌日登山した老婆は、卒都婆に血がついているので仰天し、転がるように下山して、里の人々にすぐ逃げるよう触れ回ると、家の者たちと荷物を持って避難した。

すると一天にわかにかき曇り、山が揺れ出し、崩れに崩れ、深い海となり、嘲った者たちは皆死に、老婆と家族だけが生き延びた。ただただ驚くべきことだった。

高い山の頂の卒都婆に血がつくとはどんな時のことだろうと思ったら、こういう不心得な輩によって汚される事態だったとは。はじめわたくしたちは、例えば卒都婆から血が滲みだしてくるというように、本当はもっと違う形で血がつくはずだったのが、若者たちの悪ふざけで運命が前倒しされたように感じるが、実は彼らこそ、その不吉な事態をもたらす張本人であったのだ。

若者たちは、まさか自分たちが、その運命のボタンを押すべく運命づけられていたことを知らなかったわけである。単なる狂言回しに見えた彼らが、実は運命の人であり、思わぬ時から、彼らはその運命に巻き込まれていたのであった。

易占の名手

また、本人の知らないうちから運命の中にとりこまれ、ある役割を果たすよう宿命づけられた人自体をテーマにした説話が『宇治拾遺物語』に見られる。八話「易《えき》の占《うら》して金取り出す事」である。

旅人が、ある大きなあばらやに宿を借りた。翌朝、一行が出発しようとすると、その家の女主が「あなたは私に金千両（両は重さの単位）借りておいでである。それを払ってから出発なさいませ」と言うので、旅人の従者たちは「何を言うか」とあざ笑ったが、旅人は幕を引きめぐらして中で何やらした後、「あなたの親は易の占をなされたか」と聞く。女は「さあどうでしょう。今あなたがしていらしたようなことはしていました」と答える。事情を聞くと、「親が亡くなる時、当座の財産を与え『今から十年後の何月に、ここに旅人が来るが、その人は私の金千両を負っている人だ。その人に金を返してもらい、生活が苦しかったら売って過ごすように』と言ったのだ」という。旅人は「金の話は本当だ」と言って女一人にこっそりと、ある中空の柱の存在を教え、「この中に金がある。少しずつ取り出してお使いなさい」と言った。

実はこの女の親は易の占の名手で、娘に十年先に貧しくなる運勢が見られたので、その時の何月何日に、易の占のできる男が来て、この家に宿る運命であることを見て取り、

「この柱の中に金を隠してある」と娘に教えては、まだこれからの時に取り出して使ってしまうかも知れないので、この男が来る時までこらえて、この男に尋ねるように段取っていったのだ。

易の占は、行く末を手のひらの中のことのようにはっきりと見顕せるものなのだ。

易占のできる旅人は、自分の運命的役割を悟り、易占の名手（娘の亡親）の意図を読みとる。そして、故人の娘への思いにも感じてか、金のありかを娘にだけ教えて去っていったのである。人は思わぬ時からある運命に巻き込まれており、そしてその運命を読み解くことができ、活用できる人もいる、ということ自体がテーマになっている説話である。

思わぬ時から運命は

こうした観点から見てみると、真備の夢取り説話は当初と違った色彩を帯びてくる。

真備は、たまたま夢解きに行った先で思わぬ現場に遭遇したようでいながら、実のところ、その前から既に運命の渦中にあったのではないか。彼は国司の若君と来合わせる運命にあり、そこで目にしたものをすぐに手に入れようと判断し、大いに実力を発揮して入手、それから後は、その強い運に後押しされて、どんどん出世していく。こういう運命の人を描いた説話としてとられてよさそうである。

真備は幸運の隣にいて、それを即座につかめるかどうか試される試練を実力で切り抜け、見事成功を勝ち得た人――夢買長者や上緒の主の仲間だったと考えられるのであり、それに類する者たちは、成功者、失敗者、あるいは人の成功を助けてやる者など、『宇治拾遺物語』の中にしばしば登場していたことが分かるのである。

おわりに

『宇治拾遺物語』の作品世界を散策しつつ眺めてきた。

普段と違った角度から有名な説話を見てみることで、一風変わった味わいを楽しんで頂けたら幸いである。

出来事が終わった後に本当の主題が現れるⅡやⅢの説話、また笑い話のずらしのしくみを体験したⅣ、そして事件が始まらないうちから、既に主題が始まっているⅤの説話。

これらのグループ全体に共通する性質を考えてみると、『宇治拾遺物語』には、本来出来事が発生し完結する中心的部分ではなく、その前や後に話の眼目があったり、あるいは本来こうなるであろうと思われる予測とのずれを楽しんだり、そういった「ずらし」に、本質的テーマが隠されている説話が多いようである。

しかしこれは、『宇治拾遺物語』固有のスタイルではなく、説話文学全般に見出される傾向の一つとしても考えねばならない性質だろう。現に今回とりあげた説話の中には、他の説話集にも取り入れられているものが数多くある。

また、今回のように、いくつかの典型的なパターンに分けて『宇治拾遺物語』の多くの説話を扱える、ということは、見方を変えれば、『宇治拾遺物語』には似たタイプの説話が数多くちりばめられている、ということでもある。

『宇治拾遺物語』内部に、隣り合った説話だけでなく、遠く離れたところにも、主人公やストーリー、表現のレベルで様々な共通点のある話が多数置かれていることは、荒木浩氏ら[234]によって既に明らかにされている。『宇治拾遺物語』に複数回同じ人物が登場する時、原則として、はじめの時よりも後に登場する時の方が時代的に新しい説話が置かれていること。類似する表現や発想の説話が、隣同士だけではなく、離れたところにも置かれていて、『宇治拾遺物語』は何かの隣、という定位置化を拒む構造を持っていること。

『宇治拾遺物語』に張り巡らされたこのような仕掛けは、何を意味していると考えられるだろう。

読経の名手道命阿闍梨の、名誉なような不名誉なような、何となく面映ゆい第一話から始まり、各話は言葉や話題の連鎖によって次話へと進んでいく。そして「似たようなお話を、先ほども読んだような気がするのだが」と思いつつ、あたかも迷わし神に導かれるように進んでいく説話は、これもまた立派ではあるがこの上なく格好悪い、最終一九七話「孔子倒れ」の説話に至って、一話と似たもの同士として隣り合う。

冒頭と末尾に特別なメッセージを込め、その内部に作品世界を展開させるこうした方法は、勅撰和歌集や連歌などの韻文作品や、『大鏡』『今鏡』『増鏡』などの「鏡物」と呼ばれる歴史物語や、考えてみれば一つの集・作品世界を形作る、実に多くの文学作品で繰り広げられてきた普遍的といってもよいやり方である。もちろん『宇治拾遺物語』の読者たちにとっても、馴染み深い発想であっただろう。

初めと終わりとが照応する、この大きな円の中を、既視感のある、しかし前回とは角度の異なる説話が連鎖しながら繰り広げられる『宇治拾遺物語』の内部――それを、螺旋状に進む大きな円環とみなす時、直接的には、『宇治拾遺物語』が大いに刺激を受けたであろう『古事談』の円環構造に対する、『宇治拾遺物語』なりの変奏ととらえることができるようになる。

『宇治拾遺物語』の編者は、約二百話の説話そのものに語らせることに加え、それら全体にこのような演出を施すことによって、先人のくり返して来たことと同じようでいながら違う、他者の経験と違うようでいながら似た部分を持ちあう、この世の諸相そのものを、映し出そうとしたのではないか。

こうした角度から『宇治拾遺物語』の内部と外部を見ていくことで、『宇治拾遺物語』が説話を照らし出す光源の特徴がいっそう明らかになって来るだろう。

本書は、これまで発表してきた著書・論考と、主に大学での授業を通して考えてきたことをふまえながら、今回新たに書き下ろしたものである。より深く知りたいと思われた方は、以下の旧稿をご参照下されば幸いである。

・『院政期説話集の研究』（一九九六年　武蔵野書院）
・「中世の『古事談』読者――日本古典文学影印叢刊所収『古事談抄』の構成と意義」（『文学』五―三　二〇〇四年五月）
・「『古事談抄』について」（浅見和彦・伊東玉美・内田澪子・蔦尾和宏・松本麻子編『古事談抄全釈』二〇一〇年　笠間書院）
・「父の作たる麦」（『中世の文学　附録』三三一　二〇〇八年九月　三弥井書店）
・「『宇治拾遺物語』の邸宅譚をめぐって」（『共立女子短期大学文科紀要』四一　一九九八年一月）
・「院政期社会と伴大納言説話」（『共立女子短期大学文科紀要』三五　一九九二年二月）

最後に、終始適確で懇切な助言を下さった小松由紀子氏をはじめとする編集部の皆さん、この二十年間、いろいろな教室で、共に『宇治拾遺物語』を学んだ様々な年齢の学生の皆さんに、心からの感謝を申し上げて筆を擱く。

母伊東澄江の八三歳の誕生日に

文献一覧

本書で言及した文献を、編著者別・掲出順に、現在最も入手しやすいと考えられる形式で掲げる。

『宇治拾遺物語』のテキスト

○三木紀人・浅見和彦・中村義雄・小内一明校注

1 『新日本古典文学大系　宇治拾遺物語　古本説話集』（一九九〇年　岩波書店）

＊　＊　＊　＊　＊

○荒木浩

2 「異国へ渡る人々――宇治拾遺物語論序説」（『国語国文』五五―一　一九八六年一月）

3 「宇治拾遺物語の時間」（『中世文学』三三　一九八八年六月）

4 「〈次第不同〉の物語――宇治拾遺物語の世界」（説話と説話文学の会編『説話論集　第一集　説話文学の方法』一九九一年　清文堂出版）

○飯淵康一
5　『平安時代貴族住宅の研究』（二〇〇四年　中央公論美術出版）
○池上洵一
6　「公家日記における説話の方法――「興定め」のことなど――」（『池上洵一著作集　第二巻　説話と記録の研究』二〇〇一年　和泉書院）
○石田豊
7　「「陪従清仲」考――『宇治拾遺物語』第七五話の人物の考察――」（『二松学舎大学人文論叢』六八　二〇〇二年一月）
○岡見正雄
8　『室町文学の世界――面白の花の都や』（一九九六年　岩波書店）
○沖本幸子
9　「猿楽愛好の系譜――師実から令子へ――」（小島孝之編『説話の界域』二〇〇六年　笠間書院）

○木村紀子
10『書《ふみ》と声わざ――『宇治大納言物語』生成の時代――』（二〇〇五年　清文堂出版）
○倉本一宏
11『平安貴族の夢分析』（二〇〇八年　吉川弘文館）
○小島孝之
12『日本の文学　古典編　方丈記　宇治拾遺物語』（浅見和彦・小島孝之校注・訳　一九八七年　ほるぷ出版）
○小林保治
13「『宇治拾遺物語』の説話連絡表」「『宇治拾遺物語』説話間の類縁表現一覧」（小林保治・増古和子校注・訳『新編日本古典文学全集　宇治拾遺物語』一九九六年　小学館）
○小峯和明
14『宇治拾遺物語の表現時空』（一九九九年　若草書房）
15『新日本古典文学大系　今昔物語集二』（一九九九年　岩波書店）

16『説話の森——中世の天狗からイソップまで』（二〇〇一年　岩波書店）
17『説話の声——中世世界の語り・うた・笑い』（二〇〇〇年　新曜社）
○関敬吾・野村純一・大島廣志編
18『日本昔話大成　11　資料篇』（一九八〇年　角川書店）
○竹村信治
19『言述論《discours》——for 説話集論』（二〇〇三年　笠間書院）
○谷口耕一
20「仲胤と俊貞と法性寺殿と——宇治拾遺物語の成立事情について——」（『語文論叢』一　一九七二年三月）
○廣田收
21『『宇治拾遺物語』表現の研究』（二〇〇三年　笠間書院）
22『『宇治拾遺物語』「世俗説話」の研究』（二〇〇四年　笠間書院）
23『『宇治拾遺物語』の中の昔話』（二〇〇九年　新典社）

○益田勝実
24 「中世的諷刺家のおもかげ――『宇治拾遺物語』の作者――」(『益田勝実の仕事1』二〇〇六年 筑摩書房)
25 「貴族社会の説話と説話文学」(『国文学 解釈と鑑賞』三〇―二 一九六五年二月)
26 「言談の風景――説話・記録・説話集――」(『益田勝実の仕事1』二〇〇六年 筑摩書房)
27 「偽悪の伝統」(『益田勝実の仕事2』二〇〇六年 筑摩書房)
○三木紀人
28 「背後の貴種たち――宇治拾遺物語第一〇話とその前後――」(小峯和明編『日本文学研究資料新集6 今昔物語集と宇治拾遺物語 説話と文体』一九八六年 有精堂出版)
○宮田尚
29 『今昔物語集震旦部考』(一九九二年 勉誠社)
○森正人
30 「宇治拾遺物語の言語遊戯」(『文学』五七―八 一九八九年八月)

31 「宇治拾遺物語の本文と読書行為」（『日本の文学　第五集』一九八九年五月）
32 『今昔物語集の生成』（一九八六年　和泉書院）
33 「聖なる毒蛇／罪ある観音――鷹取救済譚考――」（『国語と国文学』七六―一二　一九九九年一二月）
○山岡敬和
34 「宇治拾遺物語成立試論――冒頭語の考察を中心として――」（『國學院雑誌』八三―九　一九八二年九月）
35 「宇治拾遺物語増補試論――冒頭語による古事談・十訓抄関係説話の考察――」（『國學院雑誌』八四―一　一九八三年一月）
○山口眞琴
36 「〈恥と運〉をめぐる人々――古事談と宇治拾遺物語の間」（浅見和彦編『『古事談』を読み解く』二〇〇八年　笠間書院）

また、本書でとりあげた作品の本文は、それぞれ次のテキストに基いた。

今鏡 — 海野泰男『今鏡全釈』（福武書店）
打聞集 — 『打聞集』を読む会『打聞集 研究と本文』（笠間書院）
往生要集・法華験記 — 日本思想大系（岩波書店）
大鏡・愚管抄・古今著聞集・曽我物語・太平記 — 日本古典文学大系（岩波書店）
蜻蛉日記・金葉和歌集・源氏物語・江談抄・古事談・古本説話集・今昔物語集・たまきはる・
　中外抄 — 新日本古典文学大系（岩波書店）
玉蘂 — 今川文雄校訂『玉蘂』（思文閣出版）
玉葉 — 名著刊行会本
景徳伝燈録 — 大正新脩大蔵経
弘安礼節 — 群書類従
江家次第・西宮記 — 新訂増補故実叢書
笑府・法華経 — 岩波文庫
小右記 — 大日本古記録
世説新語・荘子・列子 — 新釈漢文大系
台記 — 増補史料大成

明月記　―　国書刊行会本

冥報記　―　説話研究会編『冥報記の研究　第一巻』（勉誠出版）

師光年中行事　―　続群書類従

貴重な資料の掲載をお許し下さった白百合女子大学図書館と、掲載許可を下さった関係各位に心から御礼申し上げます。

伊東　玉美（いとう　たまみ）
1961年 11月　神奈川県出身
1984年　3月　東京大学文学部国語国文学科卒業
1991年　3月　東京大学大学院人文科学研究科国語国文学専攻
博士課程単位取得退学
1994年　3月　同上修了
専攻／学位　中世文学・説話文学／博士（文学）
現職　白百合女子大学文学部国語国文学科教授
主著・論文

『院政期説話集の研究』（1996年，武蔵野書院）
『小野小町——人と文学』（2007年，勉誠出版）
『古事談抄全釈』（共編，2010年，笠間書院）
「『古事談』——貴族社会の裏話」（小林保治監修『中世文学の回廊』2007年，勉誠出版）
「『古事談抄』から見えてくるもの」（浅見和彦編『『古事談』を読み解く』2008年，笠間書院）
「なぞなぞの後ろにあるもの」（『文学』2008年5月）

宇治拾遺物語《うじしゅういものがたり》のたのしみ方　新典社選書 35

2010 年 8 月 20 日　初刷発行

著　者　伊　東　玉　美
発行者　岡　元　学　実

発行所　株式会社　新　典　社

〒101－0051　東京都千代田区神田神保町1－44－11
営業部　03－3233－8051　編集部　03－3233－8052
ＦＡＸ　03－3233－8053　振　替　00170－0－26932
検印省略・不許複製
印刷所 恵友印刷㈱　製本所 ㈲松村製本所

ISBN978-4-7879-6785-5 C1395
http://www.shintensha.co.jp/　E-Mail:info@shintensha.co.jp